붉은 지하철

끌로딘느 갈레아 중편소설

조현실 옮김

창비

차 례

그날 난 새 원피스를 입고 있었다.

아빠가 준 돈으로 산,

어깨 끈이 달린 빨간 원피스.

점원도 감탄했었다. 와, 멋지다, 진짜 잘 어울려요.

그 옷을 끌라라에게 보여줄 참이었다. 내 가장 친한 친구에게.

그날, 6월 19일. 월요일.

졸업 시험이 열흘밖에 남지 않은 날이었다. 시험만 끝나면 방학이었다.

주말엔 무척이나 더웠다. 일요일 오후, 끌라라와 함께 수영장에
갔을 때, 난 그 전날 H&M(의류 브랜드—옮긴이)에서 산 빨간 원피스
얘기를 해줬었다.

언제 입어볼 건데? 끌라라가 물었다.

내일.

기억을 더듬어보고 있다. 차근차근 순서대로. 기억을 떠올려 그
것들이 떠나가도록 하려는 거다. 그곳, 거기로부터 떠나가도록. 거
기. 뭐라고 부르면 좋을까. 내 안의 어떤 곳. 그 위를 지날 때면 아
픈. 그래도 난 끊임없이 그 위를 지나가 본다. 확인하기 위해. 거긴
여전히 아프다. 아픔이 사라지질 않는다. 오히려 그 반대다. 아픔
은 점점 커져간다. 마치 내 손목 바로 위에 나 있는 작은 혹처럼. 아
무것도 아니에요, 그냥 지방이 뭉쳐 있는 것뿐이지요, 의사는 그랬
다. 더 커지면 그때 가서 없애버리면 된다고. 그런 걸 낭종이라 부
른다고 했지. 그래, 거기, 그곳도 마찬가지다. 혹이 생겨나고 있다.

그 혹은 점점 더 딱딱해져간다. 몇 주가 지나고, 몇 달이 지나면서. 어느새 칠 개월이나 됐다.

하루하루 혹이 딱딱해지는 게 느껴진다. 그 위를 지나면 지날수록, 더욱더 딱딱해진다. 그래서 작정했다. 더 이상은 아무렇지도 않은 척하지 않기로. 그냥 지나쳐 버린다거나, 그냥 내버려 두는 건 그만 하기로. 왜? 그건 결코 저절로 해결될 문제가 아니니까. 두루뭉술 적당히 사라져줄 문제가 아니니까. 결국엔 다 잊게 될 거야, 엄마는 말한다. 천만에. 난 잊지 못할 거다. 게다가 잊은 척하는 것, 바로 그게 날 괴롭힌다. 잊은 척하는 건 거짓이다. 잊을 수 있는 척하는 건.

어느새 일요일 오후도 저물고 있었다. 수영장엔 사람들이 바글바글했다. 끌라라와 난 토요일에 시험공부를 했다. 우린 시험 걱정은 별로 하지도 않았다. 오히려 방학 생각에 들떠 있었다. 난 엑상프로방스(프랑스 남부 지방의 도시—옮긴이)에 가 있을 계획이었다. 거기 뭘 갖고 가야 하나, 궁리 중이었다. 이미 책 스무 권은 골라놨다. 한 달 동안이니까 그 정도면 적당하겠다 싶었지만, 엄마는 너무 많다고 했다. 빨간 원피스도 챙길 생각이었다. 저녁때 미라보 거리로 아이스크림 먹으러 나갈 때 입으면 딱 좋을 것 같았다.

내 마음이 프랑스 남부 지방을 떠돌고 있는 동안, 끌라라는 하소

연을 늘어놓고 있었다. 스페인 남부 지방에서 부모님과 함께 보내는 방학이 얼마나 따분한지에 관해.

아이 께 모리르(Hay que morir, '죽을 지경이야.'라는 뜻의 스페인어—옮긴이). 응달에 있어도 기온이 50도씩이나 되기 때문에, 오후 5시 이전엔 바깥에 나갈 수도 없어. 밤엔 '르 스뻭뜨랄' 아니면 '라 뺌빠'에서 맛대가리 없는 소다수나 마시고, 뻔한 노래에 맞춰 춤추면서 시간을 보내지. 왜, 그 어디서나 들려오는 노래 있잖니. 라디오, 슈퍼마켓, 해변, 카페테라스, 이웃집의 전축 할 것 없이 어디서나……. 께 파스띠디오소(Que fastidioso, '얼마나 지겨운지.'라는 뜻의 스페인어—옮긴이). 너라도 같이 가면 얼마나 좋을까. 그럼 춤이나 추러 가는 대신 등대 같은 데 놀러 갈 수도 있을 것 아냐. 또 원어판 DVD도 보고, 바닷가로 피크닉 가서 별을 보며 잠들 수도 있을 테고. 방학 땐 네가 없으니까 지겨워 죽겠어. 스리즈 넌?

나도 지겨워 죽을 지경이야, 나 역시 속으론 이렇게 생각했지만 아무 말도 하지 않았다. 엑상프로방스 다음엔 브르따뉴(프랑스 북부 지방—옮긴이)로 가서 아빠와 합류할 예정이었다. 엑상프로방스에선 할머니와 잼을 만들 거고, 로리앙(브르따뉴 지방의 도시—옮긴이)에선 책 한 권과 아이팟을 들고 바위 위에서 뒹굴 작정이었다.

스리즈, 왜 아무 말도 안 하는 거니? 끌라라가 물었다.

이젠 다 괜찮아질 거야, 누구 목소리일까, 아빠 아님 의사, 이젠 됐다, 애야, 아무 문제 없어, 아빠 엄마, 스리즈 눈 좀 떠봐, 아빠 엄마 의사, 아가씨 눈 좀 떠볼 수 있겠어요. 싫어. 난 장막을 쳤거든. 깜깜하게 만들어버렸어. 눈을 뜨라고? 그럴 필요 없어, 다 내 머릿속에 들어 있으니까. 무슨 장면이건 다.

장막을 쳤다고 했었나, 우습다. 장막 같은 건 없다. 깜깜하고 자시고도 없다. 게다가 난 **나중에** 눈을 감았다. 그전에 다 봤다. 그러니 못 본 척하지 않을 거다. 본 건 본 거니까, 난 봤다. 그뿐이다. 난 살아남았다. 봤다고 해서 죽진 않았다. 오히려 이 침묵, 이 장막, 이런 것들 때문에 죽을 것 같다.

　심리 상담사와 상담해본들 무슨 소용이 있을까. 내가 무슨 비밀이라도 털어놓을 줄 아나 본데, 그건 비밀이 아니다. 그건 내 눈으로 본 것일 뿐이다. 그 일은 공공장소에서 일어났으니, 비밀이라고 할 수 없다.

수영장에서 일광욕을 할 때 수영복 끈을 내린 건 참 잘한 일이었다. 가느다란 원피스 끈 밑으로 수영복 끈 자국이 보인다면 스타일 구기는 거니까!

얼마나 더운지 잠을 이룰 수가 없었다.

창문을 다 열어둔 통에, 아래층 마당에서 사람들이 얘기 나누는 소리가 들렸다. 그러나 6층 높이에서 무슨 내용인지까지 알아들을 수는 없었다. 아쉬웠다.

난 남들 얘기를 듣는 게 참 좋았다. 다른 사람들이 쓰는 단어들, 문장들에 흥미를 느꼈다. 목소리도 마찬가지였고. 각자의 목소리에는 특색이 있다. 또 각자의 말투에도. 남들의 얘기에 귀 기울이는 것보다 더 재미난 게 있을까. 그들이 골라 쓰는 단어들, 문장들, 표현들 게다가 억양, 사이사이에 끼어드는 웃음, 한숨, 신경질까지. 누구에게나 즐겨 쓰는 단어들이 있었다. 끌라라의 단어들, 내 단어들, 아빠의 단어들, 선생님들의 단어들 이런 식으로. 날마다 쓰는 단어들, 늘 쓰는 단어들이 있었다. 어떻게 똑같은 단어들로 서로 다른 줄거리들을 이야기할 수 있는 건지. 어떻게 해서 줄거리들도 결국은 다 비슷해지는 건지. 언제나 똑같은 단어들 때문일까? 모를 일이었다. 난 열심히 듣고, 머릿속에다 새겨놓았다. 짤막한 말 한 마디뿐일 때도 있지만, 말한 내용을 처음부터 끝까지 다 저장해놓을 때도 있었다. 때론 무슨 말이 나올까 궁금해하다 보면 내 입이 간질간질해지기도 했다. 그러다 내 머릿속에 들어 있던 말, 내 입을 간질이던 말을 누군가의 입에서 듣게 되면, 회심의 웃음을 짓지 않을 수 없었다. 그래서 난 지하철 타는 게 좋았다. 지하철 안에서 책을 읽는다거나 복습을 한다거나 하는 일은 절대 없었다. 난 남들의 얘기를 들었다. 그러다 내려야 할 역에서 제대로 못 내린 적도 있었다. 꿈을 꾸는가 보구나, 아빠는 웃으면서 말했다.

아빠 말이 맞았다, 정말 그랬다. 난 다른 사람들의 얘기를 꿈꾸었던 거다. 그들이 내게 얘기 한 토막을 넘겨주면, 난 계속해서 그다음 부분을 이어나가, 결말까지 지어냈다. 파국이냐 해피엔드냐 하는 건, 그때그때의 내 기분과 얘기하는 사람의 인상에 달려 있었다. 얘기하는 사람이 날 삐딱하게 쳐다봤느냐 아니면 호의적이었냐, 내게 자리를 내어주었느냐 아니면 좁은 좌석에서도 옆으로 비켜줄 생각은 않고 뻔뻔하게 통로에다 다리를 내밀고 있었느냐 등등. 어떤 사람들은 계속 머리를 숙이고만 있어, 눈길도 한 번 못 맞추는 경우도 있었다. 한번은 어떤 남자가 신문에서 눈을 뗄지 안 뗄지 보기 위해 열세 정거장이나 간 적이 있었다. 열세 번째 정거장에선 포기할 수밖에 없었다. 이미 지각이었으니까. 그런가 하면, 울음이 터질까 봐 필사적으로 참고 있던 한 여자 때문에, 지하철 5호선의 종점에서 종점까지 간 적도 있었다. 슬픔의 파도 사이에서 허우적거리고 있는 여자를 도저히 그냥 두고 내릴 수가 없었다. 여자는 참고, 또 참았다. 가끔씩, 자기도 모르게 눈물이 새어 나올라치면 황급히 닦아내면서. 여자는 책 한 권을 펼쳐 들고 있었다. '그 품 안에서'라는 제목이 붙은. 그러나 한 페이지도 넘기지 못했다. 읽으려고 애를 써도, 머릿속에 쓰여지고 있는 또 다른 글귀들 때문에 책 속의 글귀들은 읽을 수 없었던 게 아닐까. 여자의 머릿속엔 어떤 문장들이 쓰여 있을지, 난 열심히 상상해보았다. 여자는 우리 엄마 또래였는데, 기막히게 아름다웠다. 긴 머리채는 뒷덜미에다 아무렇게나 올려붙인 채였다. 가죽점퍼를 입었는데, 오른쪽 소매 끝을 자꾸만 뒤집곤 했다. 손목에는 커다란 은팔찌를 여러 개 하고 있었다. 내가 자길 쳐다보고 있다는 걸 알아챈 순간, 여자는 마치 뭔가를 말하려는 듯 서글픈 미소를 지어 보였다. 그러나 만일 입을 열었다면 눈물이 걷잡을 수 없이 쏟아져 나오지 않았을까, 눈뿐 아니라 몸 전체에서, 그래, 그랬을 거다, 여자의 몸뚱이 전체가 눈물이었으니까. 어쨌든 나도 여자에게 미소를 지어주었다.

왜 그 여자한테 아무 말도 안 해줬니? 쉬는 시간에 끌라라에게 그 얘기를 해주자 걔는 날 나무랐다.

난 계속 그 여자 생각만 하고 있었다. 여자가 내 안으로 들어와 버렸던 걸까. 슬픔까지도 함께. 도무지 그 여자에게서 벗어날 수가 없었다.

왜 그 여자한테 따뜻한 말 한마디라도 건네지 않았느냔 말이야, 뭘 좀 도와드릴까요? 아니면 어디 불편하세요? 라든가. 그 여자도 말을 하고 싶었을 거라고, 안 그래?

아니, 난 끌라라에게 대답했다. 절대 그렇지 않아. 그 여잔 말을 안 해야만 했어. 참아야 했어. 울지 않아야 했다고. 자신의 슬픔보다 더 강해져야만 했다고. 그리고 내가 그 여자가 할 말을 상상해봤다고 해서, 그 여자의 머릿속에 들어가 본 건 아니야. 누군가의 머릿속에 들어가 본다거나, 그의 처지가 되어본다거나 하는 건 절대로 불가능한 일이야. 단지 연민의 감정 때문에 그래보고 싶어 할 뿐이지.

그날 내가 느낀 연민은 너무나 강렬했다. 그 여자가 우리 엄마일 수도 있었기 때문일까. 너무 아름다워 보였기 때문일까. 그 긴 머리채에다 내 얼굴을 파묻고 싶었기 때문일까.

하지만 그런 연민의 감정이 드는 경우는 사실 드물었다. 노숙자들을 대할 때만 빼면. 그 슬픈 여인이 침묵으로 내 마음을 사로잡았다면, 노숙자들은 반대로 그들이 쏟아내는 말들로 내 마음을 흔들어놓았다. 그들의 말과 그들이 처한 상황이 아무리 봐도 맞아떨어지질 않았기 때문이다. 종종 아름답게까지 느껴지는 그들의 말은 그들의 꾀죄죄한 행색과 악취, 시커먼 이, 너무 커서 따로 노는 옷, 억지웃음과 퀭한 눈, 늙어빠진 얼굴과는 부합되지 않았다. 젊은이들조차도 얼굴은 늘 늙어 있었다. 그들의 거동과 나이, 그들의 말과 행색은 도무지 어울리질 않았다. 지나치거나 아니면 모자랐다. 그들과 마주하고 있으면 마음이 편치 않은 건 바로 그래서였다.

말하지 마, 내가 병원에서 이틀을 보내고 집으로 돌아왔을 때 엄마가 그랬다. 말 안 해도 돼, 얼마나 괴롭겠니. 엄마가 도대체 알긴 알까? 내가 어떻게 괴로워했는지, 뭐 때문에 괴로워했는지. 엄마는 내가 입을 열까 봐 두려운 것 같았다. 말하지 말란 소릴 들어본 건 그때가 처음이었지! 웃기다. 요즘은 왜 이렇게 우스워 보이는 게 많은지. 그날 이후로, 난 믿지 못하는 게 많아졌다. 참을 수 없게 된 건 더더욱 많다. 나도 이해해, 엄마는 말한다. 아니, 천만에. 엄만 이해 못 해. 아빠도 마찬가지야. 심지어 끌라라도 이해 못 하는걸. 아무도 이해해줄 수 없어. 하지만 그건 대수롭지 않아. 이해해주길 바라지도 않으니까. 하지만 이해하는 **척은 하지 말아줘**. 그건 정말 더 이상 못 참겠어, 그거야말로 도저히 그냥 지나쳐버릴 수가 없는 일이거든. 내 말에 귀 기울이는 **척도 하지 말아줘**, 내 말을 안 듣고 있잖아. 보고 싶지도, 듣고 싶지도 않은 거잖아. 그래, 좋아. 그냥 맘 내키는 대로 날 대해줘. 난 말이야, 난 그걸 머릿속에 가두고 있을 수가 없어. 그게 썩어가고 있거든. 혹이 되어가고 있거든. 그게 뒤죽박죽 섞여서 악몽을 꾸게 하거든. 그건 약으로도 고칠 수 없어. 엄마가 한사코 먹이려 드는 비타민 같은 걸로는. 모든 걸 명백히 드러내지 않으면, 그건 서로 얽히고 뭉쳐버릴 거야, 그러면 혹은 더 딱딱해지겠지. 난 **모든 걸** 기억해내기로 결심했어. **자세하게**. 아주 세세한 것까지도.

월요일. 19일 월요일.

빠리는 섭씨 35도였다. 레쀠블리끄 역에서 지하철에 올라타는 순간, 열기가 목까지 확 차올랐다.

난 월요일이면 으레 레쀠블리끄 역에서 지하철을 탔다. 목적지는 메리 드 몽트뢰유 역.

나는 몽트뢰유에서 중학교에 다니고 있었다. 졸업반이어서 곧 고등학교에 갈 참이었다. 엄마와는 몽트뢰유에서, 아빠와는 레쀠블리끄에서 살았다. 한 주씩 번갈아가며.

그렇게 살아온 지 사 년이 되었다. 중학교에 들어가면서부터였으니까. 아빠는 내가 빠리에서 중학교에 다니길 바랐지만 난 끌라라와 헤어지기가 싫었다. 결국 내 고집이 이겼다. 부모님은 이혼하면서부터 무엇이건 내게 거절할 수 없게 된 것이다. 엄마는 열한 살짜리 어린애가 혼자서 지하철 타는 걸 걱정스러워했다. 난 괜찮은데. 말은 그렇게 했지만, 사실 나도 속으론 엄청 겁이 났다. 기차를 잘못 탈까 봐 걱정이었고, 러시아워 때의 인파도 두려웠다. 사람들 사이에 짓눌려 내가 그냥 사라져버리는 건 아닌가 싶을 정도였다. 나 자신이 한없이 작게 느껴졌다. 두려움을 잊기 위한 방편으로, 난 어떤 한 사람을 택해 그를 계속 쳐다보고 있기로 했다. 그 사람이 나보다 먼저 내려버리면, 곧 또 다른 사람을 택했다. 남들 얘기를 열심히 듣게 된 것도 그렇게 시작된 것이었다. 그러면 지하철에서도 혼자가 아닐 수 있으니까. 내게 말을 하는 누군가와 늘 함께 있을 수 있으니까.

난 그 놀이에 푹 빠져버렸다. 그 바람에 몽트뢰유에 머무는 주엔 지하철이 그리워지기까지 했다. 간혹 내려야 할 역에서 못 내리는 일도 생겼다. 미리 내려버리거나 혹은 내릴 역을 지나치거나. 옆에 앉은 사람들의 얘기에 푹 빠진 나머지 그들의 행동까지 따라하는 적도 있었다. 어떤 땐 나도 모르는 새 지하철을 빠져나와 길가에 나와 있기까지 했으니! 그럴 땐 혼자 배꼽을 잡으며 다시 계단을 뛰어 내려가곤 했다.

저녁때는 아빠가 나보다 늦게 돌아왔다. 난 그 시간을 이용해서 지하철 타기를 즐겼다. 레쀠블리끄 역에서는 여러 노선이 만나기 때문에, 선택할 수 있는 방향도 다양했다. 쁠라스 디딸리, 보빈니, 메리 드 릴라, 샤뜰레, 뽕 드 쎄브르, 몽트뢰유, 뽕 드 르발루아, 갈리에니, 크레떼유, 발라르(레쀠블리끄 역을 지나는 지하철 노선의 종착역들―옮긴이).

그러나 난 목적지를 정하기가 싫었다. 우연을 따를 때가 늘 더 즐거웠다. 내가 선택하기보단, 내가 선택되었다고 느껴질 때가.

그날, 월요일, 6월 19일 월요일, 난 선택되었던 걸까?

여러분, 또 한 주가 시작됐군요, 월요일 아침엔 누구라도 다시 일을 시작하는 게 싫겠지만, 난 그런 생각조차도 할 필요가 없는 사람입니다, 일자리가 없거든요, 벌써 이 년째예요, 평일이나 주말이나 저한테는 다를 게 없어요, 매일매일 똑같은 문제들과 부딪쳐야 하지요, 먹고, 씻고, 잠잘 구석을 찾고, 내게 남아 있는 것들을 도둑맞지 않게 지켜야 하고, 재산이라야 겨울을 날 침낭, 딱 한 켤레뿐인 신발, 그리고 전화카드가 전부지만요, 전화카드는 지난주엔가, 여러분처럼 지하철에 타고 있던 어떤 아주머니가 준 겁니다, 카드가 있으니 엄마한테 전화도 할 수 있어 좋네요, 엄마는 내 걱정을 많이 해요, 우리 엄만 장애인이거든요, 지금은 요양원에 가 있지요, 난 찾아뵙지도 않아요, 이런 꼴을 보이고 싶지 않아서죠, 여름철엔 바깥에서 자기는 좋아도, 더위 때문에 금세 땀 냄새가 나지요, 그렇지만 공중 샤워장은 돈이 들고, 수용소도 신청자가 너무 많아서 두 번에 한 번밖엔 안 받아주거든요, 여러분, 우리도 악취를 풍기고 싶어 풍기는 게 아닙니다, 구걸이 좋아서 구걸을 하는 것도 아니고요, 하루 이틀 길거리에 나와 앉아 있기 시작한 게 어느새 이 년이나 되었군요, 엄마가 요양원에 들어가고 난 뒤로 집세를 낼 수가 없었지요, 계속 실업 상태였으니까요, 이젠 어디에도 내 존재가 없어요, 난 아무것도 아니지요, 수당이고 뭐고 받고 싶어도 주소가 있어야 하는데 그것조차 없군요, 여름엔 착각하기 쉬워요, 여러분 보기엔, 여름엔 무슨 일이든 술술 풀리는 것 같죠, 모든 일이 다 나아져가는 것처럼 보이겠지요, 그건 다 환상이에요, 모기한테 깨물려 곪아 터지지요, 이빨도 죽어라 아프지요, 푹푹 찌다 보니 몸에서도 열이 나지요, 페트병에 든 포도주는 금방 쉬어버리지요, 음식점 쓰레기통 속의 음식 찌꺼기도 금방 썩어버리니까요, 여름은 사정을 안 봐줘요, 더위 때문에 다들 신경이 곤두서 있지요, 여러분도 그럴걸요, 내 눈엔 다 보여요, 오늘은 한 주의 첫날인데도, 벌써 짜증 나 죽겠다는 표정들이잖아요, 여러분의 유일한 바람은 얼른 사무실에 도착해서 에어컨 바람을 쐬는 거겠지요, 하지만 길거리 사정은 달라요, 길거리에 에어컨 있는 거 봤습니까, 여름엔 길거리 자체가 그냥 지옥이에요, 여러분은 신부님들이 말하는, 지옥에서 불에 구워진다는 게 어떤 건지 모르겠죠, 나도 어렸을 땐, 교리문답에도 가곤 했다고요, 그래야 나중에 훌륭한 사람 된다고 엄마가 그랬거든요, 지금 와서 그게 무슨 소용 있죠, 길바닥에서 그런 건 아무 소용도 없어요, 우리

고향 마을엔 가게 몇 군데, 스포츠센터, 교회 말고는 아무것도 없어서, 여름이면 분수 옆 나무 그늘에 모여 놀곤 했어요, 참 딱한 촌구석이었죠, 난 그 거지 같은 시골 마을로 돌아가고 싶은 마음이 다 사라져버렸어요, 고향이고 뭐고 순전히 환상이었던 거예요, 재작년 여름 이 빌어먹을 빠리에서 지내면서 그걸 깨달았어요, 엄마가 말하던 식으로 표현하자면, 산다는 게 얼마나 고달픈가를 깨달은 거죠, 처음으로 칼에 찔렸을 때, 보이죠, 이 정강이 위에 난 칼자국들, 배위에 맞지 않은 것만도 다행이라고 해야 되나요, 여름엔 나쁜 기운이 퍼져 있어요, 아무것도 아닌 일로 칼을 빼 들지요, 그늘의 앉을 자리 하나, 물 한 잔 때문에, 또 겨울이라면 아무 문제도 안 됐을 말 한마디에도 못 참는 거죠, 여름엔 피도 뜨겁고 머리도 뜨거워요, 여름엔 나도 내가 아니에요, 난 여름을 증오해요, 그런데 이제 여름이 시작됐어요, 지난주까지만 해도 아직 겨울이었는데, 어느새 여름이에요, 여름엔 이놈의 땀 때문에 고약한 냄새를 폭폭 풍기게 되네요, 간밤엔 공원에서까지 쫓겨났어요, 나무와 물이 있는 데라곤 공원밖에 없는데, 이젠 그 얼간이 같은 자식들이 공원에까지 쳐들어왔더라고요, 여러분 용서하세요, 내가 흥분했군요, 한 주가 시작되는 날인데, 하지만 난 여름이 두려워요, 여름이 페스트만큼 두려워요, 하긴 우리가 바로 페스트 환자지만, 여러분은 평소보다 더 우릴 피할 테죠, 우린 평소보다 더 썩은 냄새를 풍길 테고요, 여름엔 동전 하나라도 덜 주더군요, 우릴 대수롭지 않게 여기는 거죠, 여름을 나는 건 더 쉬울 거라고 생각하니까요, 실제로는 정반대인데, 여름은 지옥이에요, 지옥.

그는 이 장광설을 단숨에 늘어놓았다. 도저히 멈출 수가 없는 것처럼. 말을 멈춘 그는 잠시 멍하니 주위를 둘러보았다. 방금 그 넋두리를 쏟아놓은 게 자기가 아니라는 듯, 넋두리가 이미 자기를 벗어나 버린 듯. 그의 눈이 승객들을 훑고 있었다. 어느 한 곳에 시선을 고정시키지 못하고, 이 사람 저 사람을 차례대로 보았다. 그는 찾고 있었다. 뭔가를. 누군가를. 아니면 심한 근시라서 제대로 보지 못하는 것 같기도 했다. 우리가 안개 속에 파묻혀 있는 것처럼 보이는지도 몰랐다. 흐릿하게 보이는 건 피곤한 일이다. 나도 렌즈를 끼기 전에는 칠판 보기가 힘들었다. 체육 시간에도 공을 놓치기 일쑤였다. 어느 날인가, 끌라라가 이런 소리를 한 기억이 난다. 스리즈, 넌 참 이상해, 네가 날 쳐다보고 있을 때도, 꼭 날 보지 못하는 것 같은 느낌이 들거든.

　그가 바로 그랬다. 눈동자를 이쪽저쪽으로 움직이며 계속 눈꺼풀을 껌뻑여댔다. 그가 연설하는 동안 알아챈 건데, 그는 내내 눈을 껌뻑이고 있었다. 눈물이 충분치 않았던 걸까. 이건 안과 의사가 엄마에게 내렸던 진단이기도 하다. 눈물이 충분치 않으시군요. 그래서 엄마는 작은 병에 든 인공 눈물을 규칙적으로 눈에 넣었다. 물론 그는 작은 눈물병 따위는 들고 있지 않았다. 그가 찌든 청바지 주머니에서 투명한 플라스틱 병을 꺼내 양쪽 눈동자에 눈물을 한 방울씩 떨어뜨리고 휴지로 눈가를 닦는 장면은 상상할 수도 없었다. 그와는 전혀 어울리지 않는 일이니까. 하지만 그도 엄마 못지 않게 그럴 필요가 있어 보였다. 어쩜 엄마보다도 더 절실할지 몰라. 난 이런 생각을 하며 싱긋이 미소를 지었다. 그에게서 눈길을 떼지 않은 채. 그러자 그의 눈길도 내게서 멈췄다. 한순간, 단 일 초 동안이었지만, 그는 나를 봤던 거다. 나도 그걸 알고 있었다. 그가 나를 본 바로 그 순간, 마침 나도 미소를 짓고 있었으니까. 정말로 그에게 웃어줬던 건 아니지만, 결국, 그렇게 된 셈이었다. 난 이번 엔 정말로 그에게 웃어주고 싶어 다시 미소를 지어봤지만, 어느새 그는 날 보고 있지 않았다. 그는 아무도 보고 있지 않았다.

그가 손을 앞으로 내밀었다. 그러자 손목에 매달려 있던 빈 참치 깡통이 야윈 손가락 위에 얹혔다. 난 그를 지하철에서 한 번도 본 적이 없었다. 만일 봤었다면 기억이 났을 텐데. 그는 거구였다. 얼굴엔 수염이 자라 있었고, 머리카락은 텁수룩했다. 그가 입은 헐렁한 검은색 면 스웨터에는 'Be your friend'라고 쓰여 있었고, 청바지 무릎에는 구멍이 나 있었다. 발에 꼭 끼는 빛바랜 슬리퍼는 적어도 한 치수는 작아 보였다. 최소한 46호(295mm에 해당하는 신발 치수—옮긴이)는 신어야 했는데. 수염에 덮인 얼굴은 미남형이었고, 눈은 푸른색이었다. 행색이 그리 더럽지만 않았어도 대학생쯤으로 보였을 것이다. 끌라라의 오빠랑 비슷하다고 할까. 걔네 오빠 눈도 푸른색인데, 여자애들이 그 눈만 보면 홀딱 빠진다고 끌라라가 자랑하곤 했다. 하지만 그는 아무도 홀딱 빠지게 만들지 못했다. 그러기는커녕, 그가 승객들 사이를 지나가는 동안에도, 동전 한 닢 건네는 사람이 없었다. 다들 그의 장광설에 짜증이 났던 것이다. 방금 전 열변을 토하는 동안, 그의 눈은 텅 비어 있었다. 아무도 바라보지 않고, 허공을 향하고 있었다. 푸른 눈은 불이 꺼져 있었다. 푸르다는 것도 겨우 알아챌 수 있을 정도로. 그러나 깡통을 들고 좌석들 사이를 걸어오면서, 그의 눈에는 차츰 불이 붙기 시작했고, 끝내는 형광빛을 띠었다. 그 정도로 그의 눈에선 빛이 났다. 그는 승객들 사이를 헤치고 지나가야 했다. 아침이라 승객이 너무 많아 구걸하기가 힘들었다. 그런데도 그는 기어이 기차를 관통하려 들었다. 사람들과 부딪치면서도 미안하다는 소리 한마디 안 했다. 모두가 그 작자에게 등을 돌리고 있는 채로, 그는 사람들을 마구 밀치며 앞으로 나아갔다. 얼핏 사람들의 머리 위로 그의 머리가 지나가는 게 보였다. 그의 눈은 여전히 점점 더 빛이 났고, 푸르렀다. 아, 정말로 빛이 났다.

아무것도 잊고 싶지 않다. 한순간 한순간을, 각자의 얼굴 표정을 다 기억하고 싶다. 안 그러면 그건 절대로 떠나지 않을 것이다. 떠나게 하려면, 떠나도록 놔줘야 한다. 자, 이제 가렴, 기억들아, 너희들은 기억이 아니야, 너희들은 진실이야, 너희들은 사실이야, 너희들은 분명히 존재하고 있어. 이제 너희들이 머물 곳을 마련해줄게. 아무래도 내 머릿속은 안 되겠어. 빈자리가 없거든. 벌써 수많은 기억들이 내 머릿속을 차지하고 있단 말이야. 난생처음 초콜릿을 먹어봤던 날, 뺨이며 손가락이며 치마까지 온통 초콜릿 범벅을 만들었던 기억. 끌라라가 자전거에서 떨어지는 바람에 무릎이 까져

피를 철철 흘리기도 했지. 엄마가 황달에 걸려 얼굴이 꼭 시들어빠진 골든 딜리셔스(색이 노란 사과 품종 —옮긴이)같이 됐던 기억도 있다. 엑상프로방스의 할아버지 할머니 댁 창문 뒤로 보이던 산타클로스 할아버지의 얼굴. 비행기에서 내려다본 빠리의 야경. 끌라라가 우리 반에 처음 나타났던 순간. 우리 곁을 떠난다고 선언하던 아빠의 눈길. 이런 것들뿐이 아니다. 기억이라면 이미 수백 가지나 있다. 앞으로도 점점 더 많아질 테고. 그 기억들은 문제가 없다. 그것들은 내 머릿속에서 편안히 잘 있으니까. 하지만 그 기억, 커다란 스크린 위에 펼쳐지는 그 기억, 내가 '기억의 필름'이라 부르는 그것, 그건 말을 안 듣는다. 내 머릿속이 편치 않은가 보다. 너무 비좁은 걸까. 그건 다른 기억들이 자길 덮어버리는 걸 견디지 못하고, 자꾸만 머릿속에서 요동을 친다. 자기 자릴 달라고. 난 그냥 못 들은 척, 기억들을 차곡차곡 쌓아두기만 했다. 그러다 결국은 내가 그 안에 갇혀버리게 된 것이다. 왜 그랬느냐고? 말하지 마, 스리즈, 엄마가 자꾸 이러니까. 그건 이런 소리와 다를 게 없다. 거기 그냥 갇혀 있으렴, 흘리지 못한 눈물, 점점 더 뚜렷해지는 장면들, 머릿속의 폭풍, 가슴속의 화산과 더불어 그냥 그렇게 짓눌린 채로 있으렴.

그는 이번엔 반대 방향으로 서슴없이 나아갔다. 빈 깡통이 가방
의 금속 장식이나 시곗줄에 부딪치면서 덜그럭 소리를 냈다. 사람
들은 그가 지나가도록 비켜주었다. 그에게서 악취가 나기 때문은
아니었다. 냄새가 나긴 했지만 그럴 정도는 아니었다. 그에게선 먼
지 냄새랄까, 뭔가 꿉꿉한 냄새가 풍겼지만 콧구멍을 틀어막을 정
도로 고약하지는 않았다. 그런데도 사람들은 물러서서 그가 지나
갈 길을 만들어주었다. 아마도 그에게 주눅이 들어서였을 것이다.
그는 그 정도로 덩치가 컸다. 머리가 천장에 닿을 지경이었다. 그
가 지나가고 나면 사람들은 고개를 들어 그를 쳐다보았지만 그는

그것도 알아채지 못했다. 자기가 들어왔던 문 앞까지 계속 걸어간 그는 빈 깡통을 스웨터 소매 속으로 단번에 밀어 넣더니 나가기 직전, 갑자기 우릴 쏘아봤다. 아마도 근시는 아닌 듯했다. 그는 우리의 속을 꿰뚫어 보고 있었다. 필사적으로 바라보고 있었다. 그러는 그의 눈은 어느새 어두워져 있었다. 더 이상 푸르지도 아름답지도 않았다. 나도 더 이상은 그의 눈에서 매력을 느낄 수 없었다.

내 가슴속은 어느새 텅 비어 있었다. 그의 눈길을 감당해내느라 진이 다 빠져버린 것이었다. 그 정도로 그의 눈엔 증오가 담겨 있었다. 그 정도로 그는 우릴 못 견뎌 하고 있었다. 나 역시도 더 이상 견디기가 힘들었다. 나도 당신을 마주 보고 싶은 마음이 싹 사라졌어. 이젠 그만둬, 그만두라고. 나 역시도 당신을 증오하거든, 난 온 힘을 다해 그에게 말했다. 나 자신도 알 수가 없었다. 그가 당장 사라져버리길 왜 그토록 바라는 건지.

그가 나가고 나서 문이 닫히고 기차가 다시 움직이기 시작하자, 비로소 내 몸의 긴장도 풀리기 시작했다. 난 한숨 비스름한 것까지 내쉬었다. 그렇다, 그제야 안심이 되었던 것이다. 내 정신은 먼 곳에 가 있었다. 아득히 먼 곳에. 그래서 옆의 여자가 내게 말을 건넸을 때도, 그게 나한테 하는 말인지 몰랐다. 아가씨는 추운가 봐요, 세상에, 날이 이렇게 더운데!

내 머릿속에서는 똑같은 문장이 계속 맴돌고 있었다. 그 일이 안 일어났어, 이번에도 그 일은 안 일어났어. 만날 떠오르는 그 생각. 난 비로소 먼 곳으로부터 돌아왔다. 내 안에 아주 깊숙이 숨어 있는 어느 곳, 아무도 모르는 그곳으로부터. 내 팔을 봤다. 소름이 돋아 있었다. 찜통 같은 무더위 속에서. 사람들은 손수건으로 땀을 닦고, 신문으로 부채질을 했다. 내 옆에 앉은 여자는 블라우스가 땀에 젖어 가슴에 들러붙어 있었다. 그런데 난, 나는 추웠다.

그날 학교에서 내 빨간 원피스는 센세이션을 일으켰다.

남자애들이 모두 나만 쳐다보는 바람에, 여자애들이 샘을 낼 지
경이었다. 끝라라도 휘파람을 불며 환호했다. 수학을 가르치는 여
선생까지도 나를 추어올렸다. 스리즈, 어쩜 그렇게 잘 어울리니.
그 말에 난 얼굴을 붉혔다!

그 원피스가 내게 잘 어울리는 건 사실이었다. 내 적갈색 머리와
조화를 이루었다. 사실 지금까진 빨간색 옷을 입을 엄두를 못 냈었
다. 애들이 내 유별난 이름 때문에 놀려댈까 봐 겁이 났던 것이다.

스리즈('버찌'라는 뜻의 프랑스어—옮긴이). 난 내 이름을 무척 좋아했다. 학교에 다니면서부터는 그 이름 때문에 별별 놀림을 다 받긴 했지만. 나랑 이름이 똑같은 사람은 본 적이 없었고, 난 무엇보다도 그 사실에 자부심을 느꼈다.

내 이름이 '스리즈'가 된 사연은 아빠한테 들었는데, 동화 같은 얘기였다. 엄마는 버찌를 따다가 아빠를 만났다. 아니 정확히 말하자면, 친할아버지네 나무에서 버찌를 훔치다가 만났다고 해야 한다. 엄마는 열아홉 살이었다. 아빠는 스무 살. 아빠는 엄마에게 당장 나무에서 내려오지 않으면 궁둥이를 때려줄 거라고 협박했다. 그 말에 엄마가 웃음보를 터뜨렸고, 아빠가 나무에 기어 올라갔고, 그렇게 해서 연애가 시작된 거다.

내가 태어났을 때, 아빠 엄마는 날 스리즈라고 불렀다. 내가 사내아이였대도 그렇게 불렀을지 모르겠다.

그 동화는 십일 년 후에 끝이 났다.

아빠는 더 이상 엄마를 웃기지 못했다. 아빠는 엄마를 봐도 나무에 기어 올라가지 않았다.

하지만 난 여전히 스리즈라고 불렀다.

그날 저녁엔 원래 끌라라와 함께 빠리의 아빠 집에 가기로 되어
있었다.

　"오늘 저녁엔 너희 집에 못 가겠어."
　"왜?"
　"우리 엄마가 미장원에 같이 가자고 난리야."
　난 믿어지질 않아 끌라라를 쳐다보았다. 언제부터 애가 미장원
가는 데 엄마까지 대동했지?
　"내가 몇 달 전부터 계속 미적거렸더니, 엄마가 아예 두 명 다 간

다고 예약을 해놨대."

"머리 자를 거야?"

"아마 그러겠지, 염색도 좀 하고."

내가 얼굴을 찡그렸다.

"알았어, 알았어, 염색은 안 할게! 너도 같이 가면 좋은데."

난 그러고 싶지 않았다. 얼른 원피스를 벗어버리고 청바지로 갈아입고 싶은 마음뿐이었다.

"내가 바지 빌려주면 되잖아."

끌라라도 내 맘을 알아챘다.

그것도 싫었다. 왜 그런지는 나도 알 수 없었지만.

"그럼 이따 너희 집에 저녁 먹으러 갈게. 아빠한테 물어보고."

"오케이."

아빠가 허락해줬다. 너무 늦게 돌아오지 않는 조건으로.

끌라라와 난 개 방에 틀어박혀 토마토와 하겐다즈 아이스크림을 먹었다.

복습도 했다, 조금.

음악도 들었다. 로포포라(프랑스의 펑크 메탈 밴드), 가비지(미국의 록 밴드), 존 프루시안테(미국의 기타리스트), 더 댄디 워홀즈(미국의 록 밴드), 까미유(프랑스 가수), 프란츠 퍼디난드(영국의 록 밴드).

그리고 여성 그룹 일렉트럴레인(영국의 얼터너티브록 밴드 — 이상 옮긴이). 우린 그들에 열광했다. 끌라라도 그룹을 결성하고 싶어 했다. 걔도 기타는 웬만큼 칠 줄 알았다. 걔네 오빠는 드러머, 색소폰 주자, 건반 주자, 이렇게 세 명과 같이 연주 활동을 하고 있었는데, 끌라라도 이따금 그들과 합류하곤 했다.

우린 여자들로만 팀을 결성하고 싶었다. 끌라라가 연주하고 노래도 한다. 난 가사를 쓴다. 뭐, 노래도 할 수 있는 거고. 나머지에 관해선 아는 바가 없다. 난 악기라곤 연주할 줄 모르니, 다른 여자애들을 불러 모아야 할 테지.

끌라라가 내 빨간 원피스를 입어보았다. 걔한테는 전혀 어울리지 않았다. 끌라라는 검은색을 좋아했다. 검은색만. 온통 검은색 옷뿐이었다.

우린 수다를 떨었다. 특히 끌라라가 말이 많았다. 스페인에 가면

자긴 컴퓨터도 없다나. 웹캠이야 말할 것도 없고. 그렇지만 자긴 편지 쓰기가 싫다고 했다. 그래서 내가 쓰마고 했다. 끌라라는 전화를 하기로 하고.

두 달씩이나 서로 얘기도 못 하고 지낸다면, 그 두 달은 잃어버린 거나 다름없는 거야, 끌라라가 말했다.

나도 동감이었다.

난 아빠와 상의해서, 8월엔 끌라라를 브르따뉴로 불러볼까, 하는 생각도 했다.

학기 말이 가까워오면서, 우린 여가 시간을 줄곧 함께 보냈다. 곧 헤어질 거라는 생각에, 미리 당겨서 놀자는 심산이었다. 추억을 비축해두는 거라고도 할 수 있었고. 우린 가능한 한 많은 일들을 함께 하려 애썼다. 상대방 없이 지내는 연습도 해봤지만, 잘되진 않았다.

우린 잠시 아무 말도 않고 누워 있었다. 난 그게 좋았다. 그러나 끌라라, 걔는 늘 침묵을 거북스러워했다. 역시나 이번에도 못 참고 중얼거리기 시작했다. 무슨 얘기 좀 해봐, 스리즈.

이번엔 끌라라, 네게 할 얘기가 많아. 정말 많아. 전부 다 얘기할게. 하긴 내가 원치 않는다 해도, 기억의 필름이 제멋대로 얘길 쏟아놓겠지만. 커다란 스크린 위에다 말이야. 그날 이후로 내 머릿속엔 기억의 필름이 들어 있단다. 그건 내게 말을 걸지, 계속해서 말을 걸어. 그 필름은 내 맘대로 화면을 바꾸지 못하게 해. 하나하나의 장면이 온전하게 존재하길 바라는 거지. 그건 또 내 머릿속에 틀어박혀 있고 싶어 하지도 않아. 그건 살아 있거든. 그게 곧 나거든. 하지만 난 그게 바로 내가 되어버리는 건 원치 않아. 다른 사람들도 그걸 봐야 해. 만일 그걸 내 안에만 가두고 있으면, 내가 사라져버리고 말걸. 그게 사라지거나 아님 내가 사라지거나, 둘 중 하나겠지. 매일 밤, 눈을 감으면 그게 와 있어. 그건 굉장히 힘이 세, 나하곤 비교도 안 되지. 하룻저녁에 그 필름을 다 돌릴 순 없어. 난 한 번도 끝까지 다 본 적이 없단다. 그전에 잠들어버리거든. 그러고는 밤마다 눈물을 흘리며 깨어나는 거야. 난 앞으로도 결코 그걸 감당해낼 수 없을 거야. 그게 나한테서 나가야 해. 그걸 보여줘야 해. 너에게, 또 다른 사람들에게도.

난 글로 쓸 거야. 하나하나의 장면마다, 각각의 느낌마다 이름을 붙여줄 거야. 또 그날 거기 있었던 사람들, 이름조차 모르는 그들에게도 모두 이름을 붙여줄 거야. 누군가 내 글을 읽을 때마다, 기억의 필름은 살아나겠지. 그러면 그것도 더 이상은 날 필요로 하지 않고 비로소 자유를 찾겠지.

나 역시 자유로워질 테고. 지금은 그게 내 시간과 내 머리를 온통 점령하고 있거든. 난 그것의 장면 장면을 다 외고, 그것과 함께 자고, 그것과 함께 깨고, 그것과 함께 먹고, 그것과 함께 책을 읽고, 그것과 함께 영화 보러 가고, 그것과 함께 공부를 해. 내 곁에서 한시도 떨어지는 법이 없어. 마치 내 그림자가 내 발자국 뒤를 따르는 대신 내 안으로 들어와 버린 것 같단다. 난 이제 좀 편안해지고 싶어, 숨을 쉬고 싶어, 그게 날 좀 놔줬으면 좋겠어, 어디 다른 곳으로 가서 편히 숨 쉬고, 나도 좀 숨 쉴 수 있게 내버려 뒤줬으면 좋겠어.

그리고 사람들이 내게도 좀 관심을 가져줬으면 좋겠어. 나, 스리 즈에게 말이야. 무슨 소리냐고? 다들 내게 관심이 있는 것 같지만, 실은 내 기억에만 관심 있는 거거든. 다들 내게 관심이 많지. 학교 에서만 해도, 작년엔 날 거들떠보지도 않던 애들이 요즘은 내 주위 를 맴돌더군. 마치 내가 무슨 유령이라도 되는 듯이 쳐다보면서 말 이야. 이젠 제발 나 자신에게 관심을 가져줬으면 좋겠어. 아니, 더 이상 내게 관심을 갖지 말아줬으면 좋겠어. 날 잊어줬으면. 그래, 그거야. 잊어야 할 건 그 사람들이지, 내가 아니라고. 날 잊어줘. 사 람들은 날 불 위에 올려놓은 우유처럼 지켜보고 있어, 내가 어디 아 픈 것처럼, 금방 죽을 것처럼. 엄마에게도 얘기했어. 날 어린애 취 급하지 말아달라고. 난 죽지 않는다고. 너도 알잖아, 난 죽지 않았 어. 졸업시험도 통과했어. 고등학교까지 다니고 있잖아. 지하철도 타고 다니고. 날 좀 살게 내버려 둬줘. 그랬더니 엄마가 어쨌는지 아니? 엄마는 울기 시작했어. 그러고는 아빠에게 전화를 걸더구나.

그의 말소리가 들렸을 때, 난 소스라치게 놀랐다. 그가 들어오는 지도 모르고 있었으니까. 그때 마침 난, 두 아프리카 여인들을 바라보며, 그들이 주고받는 얘기를 알아들으려 애쓰고 있던 참이었다. 조금 더 떨어진 곳에는 모모와 그의 친구가 있었다. 그리고 『르 몽드』지를 읽느라 안경을 머리 위로 치켜 쓴 할머니도 한 명 있었다.

여러분, 여름입니다, 난 여름이 싫어요. 여름이면, 나 같은 사람들한테선 독한 냄새가 나지요. 그렇다고 사람까지 그렇게 독한 건 아니에요. 하 하 하 하.

웃음소리에 난 얼굴을 돌렸다. 그러나 그전에 이미 그가 누군지 알고 있었다.

저녁때였다. 월요일 저녁. 그런데 그가 거기 와 있었다. 또다시. 'Be your friend'라고 쓰인 검은 스웨터를 입고서. 꼭 끼는 슬리퍼, 산발한 머리 그리고 푸른 눈도 그대로인 채. 난 하마터면 그에게 미소를 지어줄 뻔했다. 그러나 그의 웃음소리에는 그러지 못하게 막는 뭔가가 있었다. 그는 너무 크게 웃었다. 아프게 웃었다. 스리즈, 이 바보야, 어떻게 아프게 웃을 수가 있니. 난 속으로 중얼거렸다. 하지만 정말 그랬다. 그는 아프게 웃었다. 아니 그의 웃음이 날 아프게 했다는 게 더 맞는 말일 거다. 웃고 싶은 마음은 전혀 없어 보였다. 그건 분명했다. 그는 화가 나 있었다. 눈에 그렇게 씌어 있었다. 눈이 이상하게 빛을 내고 있었다. 술을 마셨겠지, 나는 생각했다. 하지만 그가 내 옆을 지나갔을 때, 그리고 내게 말하려고 몸을 숙였을 때, 그에게서 술 냄새는 나지 않았다.

그가 무슨 생각을 하고 있는지 난 알고 있었다.
어떻게 알았느냐고 하면 할 말은 없지만, 아무튼 난 알고 있었다.

전부 다 글로 쓸 거야, 날 위해, 끌라라 널 위해, 엄마를 위해, 아빠를 위해, 궁금해하는 모든 사람들을 위해. 그럼 다들 속 시원히 알게 되겠지, 그러곤 다들 그 얘길 떠들어대겠지, 다들 겁먹고, 가슴 아파하고, 혐오감을 느끼고, 끔찍해하고, 충격을 받고, 그러겠지. 사실을 있는 그대로 적어놓을 거야. 그럼 누구도 자기 멋대로 영화를 찍으려 들진 못할 테지. 필름은 책 속에 담겨 있을 거야. 그 안에 모든 장면이 다 들어 있으니, 무엇이건 알고 싶은 사람들은 언제라도 그걸 들춰보기만 하면 돼. 난 움직이는 영화관이 아니야. 괴물도 아니고. 난 구경거리가 아니라고.

난 그냥 스리즈야, 필름은 책 속에 들어 있어, 나뿐만 아니라 당신들도 그걸 볼 수 있어.

그럼 되겠지.

처음엔 아무도 그의 말에 귀 기울이지 않았다. 나조차도. 난 두 여자에게만 정신이 팔려 있었다.

둘이 무슨 얘길 하는지 하나도 알아들을 순 없었지만, 아무튼 그네들은 소리 내어 웃고 있었다. 이상도 하지, 난 생각했다. 둘 중 한 여자는 화난 것 같은 표정인데도 웃고 있으니 말이야. 그들의 말소리는 듣기가 좋았다. 속사포처럼 급한 말투, 톡톡 튀는 자음, 낭랑한 음절들. 그 여자들은 어디 태생일지 궁금했다. 학교에도 아프리카에서 온 친구들이 있어 그런 말을 들어본 적이 있었다. 여자들이 말하는 건 밤바라어, 월로프어, 풀라니어, 소닌케어(아프리카에서 쓰는 언어들—옮긴이) 중 어떤 말일까.

두 여자는 신나게 웃어 젖혔다. 웃음소리가 점점 커졌다. 신경에 거슬릴 정도로.

할머니가 여자들을 쳐다보았다. 두 청년도 역시.

내 눈엔 두 여자가 굉장히 매력적으로 보였다. 현란한 원색 무늬의 원피스는 눈이 부실 정도였다. 내 빨간 원피스도 그 옆에 갖다 놓으면 그냥 밋밋해 보일 것 같았다.

그중 한 명은 등에 아기를 업고 있었다. 머리를 여러 가닥으로 가늘게 땋은 여자애였다. 엄마가 웃는 통에 몸이 사방으로 요동을 치는데도 아기는 계속 곤히 자고 있었다.

두 청년은 팔꿈치로 서로를 툭툭 쳐댔다. 여자들이 시끄럽게 구는 게 영 거슬리는 모양이었다. 둘은 주거니 받거니 투덜거리고 있었다.

"하여간에 깜둥이들 시끄러운 건 알아줘야 한다니까."

"그만 해."

"뭐, 내 말이 틀렸냐."

그러고 나더니, 한 명이 더 큰 소리로 말했다.

"야, 다음 역에서 내리자. 저 허튼소리 늘어놓는 자식 꼬락서니, 못 봐주겠다."

그 '자식'은 말하고 있었지만, 어느새 아무도 그의 얘길 듣고 있지 않았다. 한마디도.

아니요, 우린 독하지 않아요, 우린 그렇게 독한 놈들이 못 돼요, 우린 맹탕이에요. 바보 천치들이에요, 그러면서 속 편하게도 못 살지요. 하 하.

그의 **신랄한** 웃음이 돌연 그쳤다.

무슨 문제라도 생겼나 보지, 난 생각했다. 당신, 뭐 기분 나쁜 일이라도 있어, 이러면서 난 그를 똑바로 쳐다봤다. 그때였다, 그가 내게로 다가온 것은. 그는 몸을 숙이고 내게 말했다. 너 오늘 아침엔 빨간 원피스 입고 있었잖아.

그러곤 덧붙였다. 고약한 인연이군.

그러면서 자기 가방을 툭툭 치는 것이었다. 그제야 그의 가방이 눈에 들어왔다. 스포츠 가방 비슷한 것. 그 안에다 살림살이를 넣어 갖고 다니는 모양이었다. 그에게 남아 있는 마지막 재산 말이다. 난 그가 아침에 했던 얘기를 떠올리며, 그런 상상을 했다.

두 여자는 그에게 아무런 신경도 쓰지 않았다. 그들의 흥겨운 수다는 끝이 없었다.

난 여자들 쪽으로 몸을 돌렸다.

그는 신경이 곤두섰는지, 상기된 표정으로 날 지나쳤다. 승객은 많지 않았다. 다해야 일곱 명뿐이었다. 두 청년과 나는 방금 크루 아 드 샤보 역에서 올라탔었다. 끌라라네 집이 바로 거기였다. 걔랑 헤어진 지 채 십 분도 되지 않았다. 여기서 자고 가지그래, 끌라라가 붙들었다. 갈아입을 옷이 없어, 난 거절했다. 내가 원피스 하나 빌려줄게, 네 것처럼 예쁘진 않지만. 아님 내 까만 진 바지를 입든가. 끌라라는 나보다 키가 좀 더 크다. 난 걔 바지를 입고 끝단을 접어 올리는 걸 좋아한다. 또 걔의 검은 진을 입고 부츠를 신으면 폼이 꽤 봐줄 만하다. 하지만 그날, 난 납작한 샌들을 신고 있었다. 게다가 전날 저녁에 읽기 시작한 책도 얼른 끝내버리고 싶었다. 아니, 그건 사실이 아니다. 그건 진짜 이유가 아니었다. 난 그냥 지하철을 타고 싶었던 거다. 늦은 시간에 나 혼자서 지하철을 탈 기회는 별로 없으니까. 거의 10시가 다 된 시각이었다. 곧 어두워질 테고, 아빠는 깜깜해지기 전에 돌아와야 한다고 했었다. 밤의 지하철에선 낮 동안에 볼 수 없는 또 다른 일들이 벌어지리라.

그가 두 여인 쪽으로 다가갔다.
난 그렇게 생각했다.
아니, 사실 난 아무런 생각도 없었다. 단지 내 배 속에서 뭔가가

꿈틀거리는 걸 느꼈을 뿐이다. 그게 두려움이었는지 뭔지는 모르겠지만. 아무튼 그가 무슨 일인가를 저지르려 한다는 건 분명했다. 그건 내 가슴이 쿵쾅쿵쾅 뛰고 있었던 것만큼이나 분명한 일이었다. 두 여자가 자기에게 전혀 관심을 보이지 않는다는 게 그로선 기분 좋은 일이 아니었을 것이다. 아침에 난 그에게 관심을 보였었다. 그도 내가 자길 주시하고 있었다는 걸 알고 있지 않던가.

그가 여자들에게 다가갔다. 이유는 모르겠지만, 왠지 그가 아기를, 그 콩알만 한 계집애를 건드려볼 거란 생각이 들었다. 아기를 때릴 것 같진 않았다. 절대로. 그냥 아기를 건드려볼 거라는, 아기를 만지고 싶어 할 거라는 생각만 들었다. 아기가 자고 있는데도 엄마란 사람은 조금도 신경 쓰는 기색 없이, 친구와 수다 떠는 데만 정신이 팔려 있었다. 몸을 계속 숙였다 올렸다 또 숙였다 하는 게, 등에 업힌 아기의 존재는 까맣게 잊어버린 것 같았다. 난 그가 아기를 만질 거라고 생각했다. 그건 아마도, 진짜로 살아 있는 아기가 맞는지 확인해보기 위해서일 거라고. 물론 아기는 진짜고, 그도 진짜다. 그는 아기와 어떤 관계를 맺고 싶은 것이다. 아기도 눈을 뜨고 그에게 웃어줄지 모르지. 왜 이런 상상까지 했는지 모르겠다. 또 내 멋대로 영화를 찍어댄 거다. 그렇다. 엄마가 만날 놀리듯이.

그러나 그는 여자들을 그냥 지나쳤다. 그러고는 할머니 앞에 멈춰 섰다. 바로 10센티미터 앞에 서서 할머니를 내려다보고 있었다.

그렇게 할머니 앞에 버티고 서 있는 건 좀 심하다 싶었다. 흑인 여자들조차도 결국은 입을 다물었다. 청년들은 숙덕거리면서 그가 하는 짓을 지켜보고 있었다. 도대체 무슨 일이 일어날 것인가?

내 가슴 속의 덩어리도 점점 굳어져갔다.

그럴 일도 아니었는데 말이다. 그건 나랑 상관없는 일이었다. 끌라라가 있었다면 날 비웃었을 거다. 야, 야, 상관 마, 내 귀에다 대고 이렇게 속삭였겠지. 네가 왜 그 할머니 걱정을 해? 난 걱정하는 게 아냐, 끌라라, 그게 아냐, 난 걱정되진 않아, 하지만 할머니가 계속 저렇게 모른 척하고 있어선 안 돼. 그럼 저 남자도 납덩이처럼 꿈쩍 않고 버티고 있을지 모르거든, 끌라라는 어깨를 으쓱했을 거다. 네가 어떻게 알아?

난 안다, 빌어먹을, 난 안단 말이다. 난 원래 그렇다. 그냥 저절로 안다. 내가 절대 틀리지 않는다는 것도 안다. 할머니가 머리를 들지 않는 한 그는 계속 버티고 있을 거다.

내가 만일 그라면, 나도 똑같은 행동을 했을까? 왜 난 틀리질 않는 걸까? 난 한 번도 틀린 적이 없다. 제기랄. 나도 좀 틀려봤음 좋겠다. 이렇게 온갖 걸 다 느끼는 게 피곤하다. 두려움, 도발, 자극 그리고 기다림까지. 그가 느끼는 걸 나도 느끼는 게 피곤하다.

그는 기다리고 있었다.

할머니는 그를 봤지만 못 본 척하고 있었다. 할머니는 그의 도발에 반응할 마음이 눈곱만치도 없는지, 꼼짝도 않고 있었다. 할머니는 대응을 안 함으로써 오히려 그를 자극했다. 두 청년은 그 상황을 지켜보며 오히려 신이 났는지, 계속 상스러운 소릴 주고받으며 히죽거렸다. 흑인 여자들도 다시 대화를 시작했지만, 어조가 한결 낮아졌고 이젠 소리 내어 웃지도 못했다.

안녕하세요. 저도 승객 여러분을 귀찮게 하고 싶진 않지만, 배가 고프군요. 전 부랑자도, 술주정뱅이도 아니지만, 입을 것도 먹을 것도 잠잘 곳도 없습니다. 그러니 여러분께서 동전 한 닢이나 담배 한 개비만이라도 도와주신다면 은혜 잊지 않겠습니다. 그냥 웃어만 주셔도 고맙고요. 여러분 모두께 감사드립니다. 정말 감사합니다. 한 주 내내 평안하십시오.

대부분은 이 정도에서 그쳤다. 이런 사설을 들을 때면 거북하거나, 성가시거나 혹은 아무런 느낌도 없었다.

승객 여러분, 안녕하십니까. 조용히 쉬고 싶으실 텐데, 저 때문에 신문도 제대로 못 읽으시겠군요. 하지만 제가 이러지 않으면, 누가 제 식구들을 먹여 살리겠습니까? 제겐 어린 자식이 둘이나 있고, 아내는 병들었습니다. 그런데 전 일자리도 없지요. 하지만 비굴하게 살고 싶진 않습니다. 이제 곧 ANPE(프랑스 국립고용안정청 — 옮긴이)에 또 가볼 겁니다. 일자리를 찾을 때까진 매일 갈 작정입니다. 언젠간 저도 일을 구하게 되겠지요. 하지만 그때까지는 이렇게 여러분 사이를 지나다닐 수밖에 없군요. 식당 표나 지하철 표 한 장 혹은 동전 한 닢이라도 도와주실 수 있다면 정말 감사드리겠습니다. 제 가족도 감사드릴 거고요. 여러분께선 생후 삼 개월 된 제 아기가 우유를 먹을 수 있도록 도와주시는 겁니다. 제 아내는 젖이 안 나오거든요, 아기를 굶길 순 없지 않습니까. 전 다른 사람들처럼 사회복지기관에서 제 아이를 빼앗아 가도록 놔두진 않을 겁니다. 제 아내 생각도 그렇고요, 그런 일이 일어나지 않도록 악착같이 살아갈 겁니다. 진심으로 감사드립니다. 감사합니다, 감사합니다, 감사합니다, 감사합니다, 감사합니다.

어떤 이들은 말을 너무 잘해서, 웃어야 할지 화를 내야 할지 망설이게 되기도 했다.

여러분의 여정에 소란을 끼치게 되어 송구스러운 마음 금할 길 없습니다. 제가 처음이 아니라는 건 저도 압니다. 제가 마지막이라면 얼마나 좋겠습니까만 그렇지 않은 것이 안타깝습니다. 여러분은 제 얘기를 듣는 것 말고도 할 일이 많으시겠지요. 요즘과 같은 시대에 누구라도 남의 얘길 들어준다는 건 쉬운 일이 아니지요. 하지만 여러분께서 호의와 선의를 베풀어주신다면, 불쌍한 이 한 몸은 오늘 밤 다리 밑에서 잠들지 않아도 될 겁니다. 몸도 깨끗이 씻고, 세탁소에서 빨래도 할 수 있겠지요. 게다가 따뜻한 식사도 할 수 있을 테고요. 스테이크에다 감자튀김을 곁들여서요. 그러니 여러분께 미리 제 심심한 감사를 드리는 바입니다. 여러분과 여러분의 가족 그리고 가까운 친지 여러분들까지도 모두 소원 성취하시기 바랍니다.

레이디스 앤 젠틀먼, 잠시 여러분께 폐를 끼치게 된 점, 양해해주시기 바랍니다. 오래 걸리지는 않을 겁니다. 여러분이 얼마나 자주 시달리시는지 저도 아니까요. 저도 그 수많은 불청객들 중 하나가 된 것이 그저 송구스러울 따름입니다. 하지만 전 직업을 잃었습니다. 어느새 칠 개월이나 되어가는군요. 함께 살던 여자친구에게서도 쫓겨나 지금은 집도 절도 없습니다. 그러나 절망하고 싶진 않습니다. 제 자존심을 지키기 위해 무슨 짓이든 다 할 것입니다. 승객 여러분, 여러분들 중의 누구라도 제가 다시 일자리를 찾을 수 있도록 이번 한 번만 도와주신다면 제 가슴 깊은 곳으로부터 감사를 드리며, 행운이 함께하시길 빌겠습니다. 누구도 제가 밟아온 길을 다시 밟게 되지 않길 바랍니다. 누가 됐든지요. 오늘 하루, 그리고 주말 내내 즐겁게 지내시기 바랍니다. 감사합니다.

어떤 이들은 손을 내밀며 울먹였고, 또 어떤 이들은 얼굴에 침이라도 뱉을 듯이 빤히 쳐다보기도 했다. 그런가 하면, 눈에 아무런 감정도 남아 있지 않은 자들도 있었다. 이런 종류의 사람들에겐 한 푼이라도 주고 싶지 않은 법이다. 그들이 너무도 혐오스럽기 때문에. 그들은 우리가 결코 닮고 싶지 않은 모습과 너무도 닮아 있기 때문에. 그들이 부끄러워한다는 사실 그 자체가 우릴 부끄럽게 만들기 때문에.

하지만 그들 모두는 게임을 하고 있는 것이었고, 그건 우리도 마찬가지였다. 아무도 그들의 말을 믿진 않았다. 하지만 그건 어차피 게임이니까. 그 게임은, 전혀 다른 세계에 사는 이질적 존재인 그들과 우리가 관계를 이어가는 한 방편이었다. 그들은 요구했고, 우린 주거나 혹은 거절했고, 그럼 그들은 또다시 요구했다. 장소를 바꿔가며 게임은 계속되었다. 그게 언제까지나 계속될까, 안 될까?

엄마는 그날그날 사정에 따라, 주기도 안 주기도 했다. 아빠는 절대로 안 줬다. 더 이상은 안 주겠노라고 확고하게 결심을 했다는 것이었다. 아빠 얘기는 이랬다. 어차피 모두에게 다 줄 순 없는 노릇이다. 그렇다면 왜 누구에겐 주고, 누구에겐 안 주는가? 어떤 이유에 근거해서? 엄마는 기분에 따랐다. 나도 형편만 된다면, 그렇게 하고 싶었다. 어쨌든 그런 류의 일엔 이유가 있을 수 없지 않은가. 그건 이유의 문제가 아니다. 주고 싶은 사람들이 있는가 하면, 어떤

사람들에겐 주기가 싫었다. 그런 식이다. 그건 말로 설명할 수 없
는 일이다, 내 마음에 와 닿는 이들이 있는가 하면, 안 그런 이들도
있었다, 내가 잘못 생각하는 것인지는 몰라도, 욕구에 따르는 것 말
고 뭘 할 수 있단 말인가, 그건 우연의 문제인 동시에 선택의 문제
였다, 학교에서도 배웠다, 정확한 과학이란 없고, 단지 요소들의 조
합만이 있을 뿐이며, 그중의 일부는 우발성과 우연의 일치에 의거
한다고, 더 자세한 건 기억나지 않지만, 그 이론은 내 맘에 쏙 들었
고, 완전히 이해할 수 있을 것 같았다. 어느 날 아침, 지하철에 탔을
때, 내 수중엔 초콜릿 빵을 사 먹고 남은 20쌍띰짜리 동전 한 개밖
에 없었다, 난 그 동전을 한 여자에게 줘버렸다, 빨간 모자를 내밀
며 지나가던 아가씨에게. 난 그것도 모자라 가방 바닥을 뒤지기까
지 했다, 혹시 공책 밑에 10쌍띰이나 20쌍띰짜리 동전이 떨어져 있
지 않나 해서, 그 여자의 금발 머리는 오랫동안 감지 못한 듯했고,
점퍼는 다 찢어져 있었으며, 눈은 옅은 파란색이었다, 앞니 두 개가
살짝 벌어진 탓에 웃을 땐 좀 덜떨어져 보이기도 했다, 여자가 말을
시작했을 때, 그 덜떨어진 미소는 내 영혼의 아주 깊숙한 곳까지 파
고들었다, 안녕하세요? 저는 감옥에서 나왔습니다, 여동생을 위해서 먹을 걸
훔쳤거든요, 아버지는 술만 먹고 우릴 때리지요, 지금은 간이 나빠져서 병원에
가 있는 덕에 좀 편하지만, 머지않아 분명히 다시 나올 테고, 그러면 또 똑같은
생활이 시작되겠지요, 전 이 년 전에 대학 입학 자격도 따놨어요, 감옥에 가기

전에요, 이제는 아무도 저한테 일자리를 주려고 하지 않아서, 이렇게 구걸까지 하게 되었습니다, 동생을 데리고 외국에 나갈 수 있을 때까지 계속할 생각이지요, 외국에 가면 일자리를 찾을 수 있을 거예요, 저는 이탈리아어를 할 줄 알거든요, 엄마가 이탈리아인이었어요, 동생이 여섯 살이었을 때 돌아가셨지요, 제게 돈이나 식당 티켓을 주신다면, 먹을 것도 사고, 제 동생 학교 급식비도 낼 수 있을 겁니다, 제 사정을 이해해주실 모든 분들께 감사드립니다, 저도 평생 이 짓을 하고 살진 않을 겁니다.

여자는 이 말 끝에 뜻밖의 말을 덧붙였다, 제 자존심이 허락하질 않으니까요.

난 주머니와 가방 속을 샅샅이 뒤졌지만 20쌍띰밖에 없었다, 초콜릿 빵을 사 먹은 게 후회되었다, 뭘 줘야 할진 알 수 없었지만 아무튼 뭔가를 꼭 더 주고 싶었다, 정말로, 빌어먹을 20쌍띰짜리 동전 말고, 펜과 필통을 주고 싶었다, 여자의 동생을 위해, 그 여자에겐 이미 학교는 아무 상관 없는 곳이었다, 학교에 안 다닌 지 오래고, 감옥까지 갔다 왔으니까, 난 망설였다, 펜과 필통, 그건 쓸데없기도 하지만 또 과한 선물이기도 해서 적합지 않았다, 나도 참 주책없는 애라는 생각까지 들었다, 난 뭐라고 말이라도 건네고 싶었지만, 입밖으로 한마디도 튀어나오지 않았다, 무슨 말을 해야 좋을지 알 수가 없었다. 난 여자를 쳐다보지도 못한 채 모자 속에 동전을 떨어뜨렸고, 여자 역시 날 보지 않았다, 내가 있는지조차도 몰랐을 것이다, 줄곧 자기 모자 속만, 아니 거기 떨어지는 동전들만 내려다보고 있었으니까, 그날 아침엔 돈을 주는 사람이 꽤 여럿이었다, 여자는 대단히 감사합니다, 라고 인사하며 나갔다, 난 얼굴을 푹 숙이고 있었다, 나 자신이 우스꽝스럽고 바보 같다는 느낌이 들었다. 그날은 하루 종일 그런 자괴감 때문에 기분이 더러웠다, 그 바람에, 끌라라가 깡(프랑스 북부의 도시 — 옮긴이)에서 보낸 주말 얘기를 떠들어댔을 때도 면박을 주고 말았다, 난 깡이랑 아무 상관도 없고, 깡에 사는 걔네 오빠의 새 여자친구에게도 관심 없다고, 난 심사가 꼬일 대로 꼬여서, 모두가 못마땅하기만 했다, 다들 참 할 얘기들도 없구나 싶었고, 수업도 지겨워 죽을 지경이었고, 정말로 한번 못되게 심술을 부려볼까도 싶었다, 쉬는 시간에 난 끌라라에게 말했다, 너랑 나랑 하는 대화는 부르주아적이야, 사실 이건 어른들이 벌이는 정치 토론에서 자주 들었던 얘기였다, 좌파에 표를 주었다고 계속 떠들어대는 이들도, 정작 그들이 살고 있는 빠리의 아파트들을 보면, 어쨌거나 쁘띠부르주아였다, 좌파가 쁘띠부르주아에 속하면서부터 좌파도 더 이상 좌파 노릇을 못하게 되었다, 그리고 끌라라나 나나, 컨버스 운동화를 신고 MP3를 듣는 것만으로도 이미 쁘띠부르주아의 자식들이었다, 아빠 말이 조금도 틀린 데가 없었다, 세월이 갈수록 좌파는 점점 더 왜소해졌다.

그날 하루는 그렇게 지나갔다, 난 너무 우울해서 죽고 싶은 심정이었다, 끌라라도 더 이상은 말을 걸지 않았다, 그날은 월요일이었다, 마지막 수업시간이 끝났을 때 끌라라가 물었다, 나, 오늘도 너희 집에 가는 거니? 이 한마디에 결국 냉전도 끝났다, 끌라라가 와준다니 반가웠다, 우리는 아빠를 졸라 피자를 시켜 먹었고 미래 공상영화도 봤다, 그러고 나선 침대 옆에 매트리스를 펼쳐놓는 대신, 내 침대에서 끌라라와 함께 잤다, 그러니까 한결 기분이 나아졌다.

어이 뚱보, 내 가방 속에 뭐가 들었는지 보고 싶어?

푸른 눈, 이제 그를 푸른 눈이라 부르겠다. 푸른 눈이 뚱보라고
부른 남자는 등밖에 보이지 않았다. 그는 출입문 옆의 접이식 의자
에 앉아 있었다.

푸른 눈은 다른 이들에게는 아무 말도 하지 않았다. 모모와 그의
친구를 한 번 흘겨봤을 뿐이고, 흑인 여자들 앞을 지나갈 때도 어깨
를 으쓱하곤 말았다. 저 새끼가 눈에 뵈는 게 없나, 하고 모모가 화
를 내자 친구가 말렸다. 입 다물어, 모모.

그래서 그 청년의 이름이 모모란 걸 알게 된 거다. 진짜 이름은

모하메드쯤 되겠지. 그는 체구가 건장했다. 오른쪽 어깨의 문신과 왼쪽 눈썹 위의 피어싱이 눈에 띄었다. 이두박근은 아령이라도 들고 있어야 어울릴 듯했다. 반대로 그의 친구는 무척 가냘팠다. 키도 20센티미터 정도는 작아 보였다. 그 역시 양 어깨에 문신을 하고 있었다. 난 모모를 바라보았다. 1미터 80센티미터의 키, 구릿빛 피부를 더욱 두드러지게 하는 흰색 티셔츠, 이제 그는 입술 사이에 담배를 물었다. 난 문신이 싫었다.

그럼 이 가방 속 좀 볼래, 등신아?

푸른 눈이 언성을 높였다. 무슨 일이 일어나고 있는 건지 이해할 수가 없었다. 남자가 아무 대답도 않자, 푸른 눈은 남자를 밀쳤다. 남자는 정말 뚱뚱했다. 배가 바지 혁대 위로 삐져나올 지경이었다. 어깨엔 가방을 멨고, 셔츠는 땀에 절어 배에 들러붙어 있었다.

너한테 말하고 있잖아, 자식아, 너한테 말하는 거라고.

이거야말로 게임이었다. 푸른 눈 자신도 그렇게 믿는 듯했다.

적어도 그날 아침엔 그렇게 믿었던 게 확실하다.

그러나 저녁때 일은 알 수 없었다. 그는 정말로 우리가 자기 게임에 끼어들어 놀길 바라는 걸까? 그렇다면 지금 하는 게임은 대체 뭐지? 이것도 게임이라고 할 수 있는 건가? 그가 계속 규칙을 바꾸는 바람에, 좇아가기도 힘들었다. 어쩜 그게 규칙인지도 몰랐다.

좇아가기가 너무 힘들어 이해하겠단 엄두조차 못 내게 하는 것. 정말로 이해할 수가 없었다. 사실 난 감옥에서 나왔다는 여자도 이해하기가 힘들었다. 어떻게 이 세상에 도와줄 사람이 단 한 명도 없단 말인가. 이모, 이웃, 친구, 친구의 엄마조차도 없단 말인가. 이 세상에 자기 자신과 여동생 딱 둘밖에 없다는 건 도저히 믿기지가 않았다. 아침에 지하철에서 그 여자를 본 그날, 난 하루 종일 그 여자 생각에 빠져 있었다. 그러면서 계속 든 생각은, 그런 일은 있을 수 없다는 것이었다. 아빠와 엄마는 열심히 설명해줬다. 혼자뿐인 사람도 있을 수 있다고. 완전히 홀로 버려진 사람들이 있다고. 누구든 도와주리란 법은 없다고. 하지만 소용없었다. 난 그 말을 믿고 싶지 않았다. 세상을 그런 식으로 보고 싶진 않았다.

안녕하세요, 여러분, 저는 여러분께 돈을 얻기 위해 여기 또 나온 건 아닙니다. 전 구걸하러 온 게 아니라, 여러분께 드릴 말씀이 있어서 왔습니다. 석 달 전까지만 해도, 저는 제 동료들과 다를 게 없었지요. 하루 종일 여러분을 성가시게 하는 친구들, 그들이 바로 제 동료였답니다. 전 일자리가 없었어요, 집도 없었고요, 먹을 것도, 씻을 것도 없이, 수용소 아니면 길바닥에서 자야 했습니다. 그래요, 그런 일이 일어날 수 있어요, 누구에게나 일어날 수 있죠. 그 일이 제게도 일어났던 겁니다. 일 년 동안, 저도 제 친구들처럼 살았어요. 거지, 노숙자, 부랑아, 백수, 건달, 빈민, 주정뱅이, 더러운 놈. 부르는 이름도 가지가지지만, 사실은 누가 백수고 누가 건달인지 구별도 안 해요, 다 한통속으로 몰지요.

뭐가 진짜고 뭐가 가짜인지도 구분 못 하는 건 당연하고요. 여러분도 저만큼 잘 아시겠지만, 사람을 도매금으로 구분해버리는 건 문제예요. 이쪽은 좋은 사람들, 저쪽은 나쁜 사람들, 이런 식으로 말이에요. 어느 쪽에 속하게 되느냐 하는 거야말로 로또 아닙니까. 산다는 것 자체가 게임이지요. 무슨 말인지 이해하실 겁니다.

술을 한잔 마시면, 그 순간에는 좀 기분이 나아지는 것도 사실이에요. 또 가진 게 아무것도 없을 땐, 저녁때도 별 신경 쓸 것 없이 쉽게 잠들 수가 있죠. 망각, 그거야말로 아무것도 가지지 못한 자들에게 남아 있는 마지막 특권이거든요. 하지만 날이 밝기 전, 가장 춥고 배고픈 순간, 그 순간엔 모든 게 기억나죠, 그래요, 여러분이 알아주셨으면 하는 건 바로 그런 상황이 누구에게나 닥칠 수 있다는 거예요. 제게도 그 일이 일어났었고, 저는 거기서 벗어났어요. 보세요, 누구나 거기서 벗어날 수 있어요, 전 그걸 증언하기 위해 여기 나온 겁니다. 전 다시 일을 구했고 한 달 전부턴 제 방에 침대와 냉장고까지 들여놓고 살게 되었습니다. 토요일엔 일을 쉬기 때문에, 매주 토요일마다 여러분께 말씀드리러 오기로 마음먹었지요. 전 제 동료들, 친구들, 단짝들과 함께하기로 작정했습니다. 저는 비록 벗어났지만, 제 친구들은 여전히 똑같이 비참한 상황 속에 있기 때문이죠. 그들을 그냥 내버려 둘 순 없어요. 마찬가지로, 저는 여러분도 그냥 놔두고 싶지 않습니다. 여러분께 꼭 드리고 싶은 말씀은, 여러분이 도와주시는 게 아무 소용 없는 일이 아니라는 겁니다. 여러분은 그 반대로 생각하시겠지만요. 우리가 하는 이 짓 또한 아무 소용 없는 게 아닙니다. 돈은 생존할 수 있도록 도와주니까요. 네, 제 말씀이 여러분께는 좀 놀랄 만한 것인지 모르겠습니다만, 돈이 있다는 건 두 가지 면에서 도움이 됩니다. 우선은 목숨을 지탱하고, 하루를 보내고, 치즈 한 조각, 빵 한 조각, 포도주 한 병이라도 살 수 있게 해주지요, 샤워도 할 수 있게 해주고요. 이건 여러분도 이미 알고 계시리라 믿습니다. 또한 가지는 이런 거죠. 여러분도 다 아시겠지만, 돈이 좀 있으면 마음의 여유가 생기죠. 가령 길 가다 마주친 사람이, 이틀 전부터 못 씻어 냄새가 난다고 고개를 돌리며 경멸 어린 시선을 보낼 때에도, 해코지하고 싶다는 충동이 덜 일어날 수 있다는 것이죠. 사실, 우린 상처를 주기보단 받는 적이 많잖아요. 사방에서 상처를 받지요. 단순히 육체적인 상처만이 아닐 때도 있고요. 그런데 가끔은 정말로 남에게 상처를 주고 싶을 때도 있거든요, 그럴 때, 작은 미소, 가령 어린 소녀의 미소 하나가 그걸 잊게 해줄 수도 있는 겁니다. 성질을 누그러뜨리게 해주는 거지요. 저도 여러분의 감정에 호소하는 일조차 하지 않을 때가 있습니다. 노력하기도 싫어질 때가 있잖아요, 그냥 여러분의 지갑이 저절로 열렸으면, 하고 바라기만 하는 거죠, 특히 말하기가 싫어지죠, 고맙다고, 고맙다고 되풀이하는 것 말이에요. 뭐가, 왜 고맙다는 건지, 회의가 생기지요. 여러분도 어떤 심정인지 이해하실 수 있을 겁니다. 서로 다른 쪽에 있다고 해서 그리 멀리 떨어져 있는 것은 아니에요. 전 이제 여러분 쪽으로 넘어왔어요. 서 있는 대신 앉아 있을 수 있고, 면도도 하고, 바지와 셔츠도 말끔하게 갖춰 입고 있으니 여러분과 저 사이에 별 차이도 없는 셈이지요. 이젠 여러분이 예전보다 제 말을 훨씬 더 잘 들어주신다는 걸 압니다. 그렇기 때문에 저는 증언을 하고 싶은 겁니다. 불행해야만 하는 운명이란 건 없습니다. 불행해야만 하는 당위성도 없고요.

　그는 우릴 완전히 사로잡아버렸다. 끌라라도 나와 함께 있었다. 주말이라, 발표할 과제를 함께 준비하기로 했던 것이다. 우린 토요일 오후마다 도서관에 갔다. 새로 생긴 프랑쑤아 미떼랑 국립도서관. 난 거기가 좋다. 최신식 빌딩들이 높이 서 있고 옆엔 커다란 영화관도 있기 때문이다. 거기 가려면 지하철 14호선을 타야 한다. 그가 들어온 것도 우리가 도서관을 향해 가고 있을 때였다.

　모두가 꼼짝 못하고 있었다. 숨을 죽인 채 그를 바라보고만 있었다. 그러더니 몇몇이 손뼉을 치고 나서 지갑을 꺼냈다. 그들은 어떻게든 불쌍한 자들, 그들 말대로 하자면 '당신 친구들'에게 돈을 주고 싶었던 것이다. 그러나 남자는 거절하며 이렇게 덧붙였다. 전 그냥 말씀을 드리고 싶었던 것뿐입니다. 저한테는 쉬운 일이기 때문이지요. 이젠 저한테도 모든 게 더 쉬워졌거든요. 그도 나처럼 생각했을 거다. 개중엔 반사적으로 지갑을 꺼낸 이들도 있을 거라고, 그들은 자기 얘길 제대로 듣지도 않았을 거라고. 하지만 그건 중요한 문제가 아니었다. 그런 사람들의 숫자는 아주 적었으니까. 대부분의 사람들은 그의 얘길 들어줬으니까.

　"너 같으면 저렇게 할 수 있겠니?"

　끌라라가 물었다.

"글쎄."

"저 사람 참 용감하지."

"뭐 용감하달 것까지야."

"아냐, 난 저 사람이 참 용기 있다고 생각해."

"용기를 냈다기보다는 생각을 깊이 한 거겠지. 용기는 예전에 구걸할 때 필요했을 거고."

"난 그런 것 같지 않아. 그 비참한 일을 다시 떠올리고 여기 와서 또 시작하기 위해선 용기가 필요했을 거란 얘기야. 자기가 몇 달 동안 온갖 치욕을 겪었던 이 지하철에 또다시 와서 얘길 한다는 게 보통 일이니. 나 같으면 생각만 하다가 그냥 잊어버리고 말았을 텐데."

"난 아냐."

내가 말했다.

"난 안 잊었을 거야. 저런 행동을 할 생각까지는 못 했을지 몰라도. 저 사람이 저러는 건 너무 당연한 것 같은걸."

내 대답에 끌라라도 입을 다물고 말았다. 잠시 후, 끌라라가 결론을 지었다.

"이젠 다른 거지들도 예사롭게 보이지 않을 것 같다."

끌라라 말이 맞았다. 그러나 그것도 몇 주뿐이었다. 우린 그 특

이한 남자보다는 흔히 보는 보통 거지들에게 더 익숙해져 있으니까. 너무 익숙해져 있을 땐, 더 이상 다른 건 보이지 않는 법이다. 더 이상 아무도 보이지 않는 법이다. 우린 눈에 익은 것만 본다.

하지만 가끔씩 그 남자가 생각났던 건 사실이다.

불행해야만 하는 운명이란 건 없습니다.

불행해야만 하는 당위성도 없고요.

끌라라와 난 이 말을 흉내 내고 나서, 마주 보고 웃곤 했다.

그러면서 우리 사이도 한결 더 돈독해졌다. 우리의 힘이 엄청나게 세진 것 같았다. 아무도 우릴 건드릴 수 없었다, 그 당시엔.

푸른 눈은 이제 소리를 지르기 시작했다. 모모와 그의 친구는 내 등 뒤에서 속닥거리고 있었다. 갑자기 아기가 울기 시작했다. 아기 엄마는 달래보려고 노래를 부르기 시작했지만 정신은 딴 데 가 있었다.

당신, 뭐가 잘못돼도 크게 잘못됐군. 난 속으로 외쳤다. 그는 뚱보를 못 움직이게 가두고 자기 가방으로 밀었다. 뚱보는 저항하지 못하고 의자에 갇혀버렸다. 푸른 눈이 이글거렸고, 그의 입에선 말들이 쏟아져 나왔다. 그는 불행과 분노를 토해내고 있었다. 가방을 둘러멘 채 통로 한가운데에 버티고 서서 말이다.

너희들은 여름이 좋냐? 뚱보 너도 땀 한번 더럽게 흘리는구나, 너한테서도 땀내가 날걸, 너도 나처럼 되는 데 별로 오래 걸리지 않을 거란 얘기야. 여기서 빨리 나가지 않으면, 너도 썩은 냄새를 피우게 될 거라고. 여름은 지옥이야. 넌 모를지 몰라도 여름은 지옥이야. 난 그걸 알아. 이제 막 여름이 시작됐을 뿐인데도, 난 벌써 지긋지긋해. 이 지옥 같은 여름을 벌써 두 번이나 보냈거든. 세 번째 지옥을 겪고 싶진 않아. 자, 이것 봐.

그가 소매를 흔들어대자 깡통이 튀어나왔다. 텅 빈 채로.

5유로 15쌍띰이야. 하루 종일 거지 노릇해서 번 게 겨우 5유로 15쌍띰이라고. 샌드위치에다 맥주 한 잔. 그러고 나면 아무것도 안 남지.

그는 손가락으로 깡통을 툭툭 쳤다. 처량한 소리가 신경을 긁었다.

난 배가 고파. 목말라 죽겠어. 여름엔 맥주밖에 속을 달래주는 게 없는데, 5유로 15쌍띰이라, 하 하 하 하 하.

그가 머리를 젖히자 가슴 위에서 가방이 흔들거렸다. 가방도 절반은 비어 있는 듯했다. 다음 역에선 아무도 올라타지 않았다. 청년들도 내리지 않았다. 모모는 담배꽁초를 우물우물 씹고 있었고, 그의 친구는 귓바퀴에 꽁초를 꽂아두고 있었다. 할아버지도 늘 그러고 계시던 게 생각났다. 할아버지는 말씀하셨다. 노동자나 뱃사람이 이렇게들 하지. 곧 8월이 되면, 할아버지와 난 아침에 바닷물이 빠지길 기다려 조개를 주우러 갈 텐데.

이제 난 뭘 마셔야 되지? 뭘 먹어야 되냐고?

배가 고파.

푸른 눈은 절규하고 있었다. 난 어리둥절했다. 혹시 웃기려고 하는 짓은 아닌지, 코미디를 연기하는 건 아닌지. 종종 연극을 하는 사람들도 본 적이 있었기 때문이다. 그들은 얼마나 연기를 잘하는지 모두들 철석같이 믿게 된다. 그들과 함께 웃고, 그들과 함께 떨고, 숨을 죽이며 지켜보다 보면, 갑자기 그들이 연기를 그쳐버린다. 그런 식이다. 그러나 푸른 눈이 질규하는 모습은, 영화 속에 나오는 장면 같진 않았다. 오싹하고 무서워졌다. 주머니를 뒤져봤다. 2유로짜리 동전 하나가 있었다. 난 그걸 줘버리리라 작정했다. 아빠 엄마는 늘 얘기했었다. 스리즈, 관둬, 네가 돈을 버는 것도 아니고, 돈이 많은 것도 아니잖아. 이 세상의 불행을 네 어깨에 다 짊어질 수는 없는 거야. 한번 주기 시작하면 끝이 없거든. 그래도 가끔은 마음이 약해질 때가 있었다. 특히 음악 연주가들을 만날 때 그랬다. 어떤 사람들은 진짜 연주를 잘한다. 게다가 난 또 원래 음악에 쉽게 빠져드는 편이다. 그들은 어디에서나 연주한다. 바깥에서건, 추운 데서건, 군중 속에서건. 심지어 아무도 듣지 않을 때에도 연주를 한다. 그건 자기 자신을 위해서가 아닐까. 그들은 뭔가에 귀를 기울이며 연주하고, 또 연주한다. 어떤 일이라도 보수를 받을 가치가 있는 거야. 난 가끔 할아버지가 하시던 말씀을 떠올린다. 귀에다 담배를 꽂고 다니는 할아버지. 먼저 종이에다 담뱃잎을 싸서 돌

돌 말고, 그다음엔 귀 뒤에 끼운다.

먹고 싶어.

푸른 눈이 절규한다. 난 내 2유로를 들여다본다. 쥐버리고 싶다, 쥐버리고 싶다, 소리 좀 그만 지르게. 미친 눈길을 좀 거두게. 제발 좀 조용히 해줬으면 좋겠다. 어서 역에 도착해 내릴 수 있었으면 좋겠다. 시원한 공기를 쐬고 싶다. 빠리의 불 밝힌 야경을 보고 싶다. 아기는 더 크게 울었다. 푸른 눈이 뭐라고 악을 쓸 때마다 아기는 다시 울기 시작했다.

아기 우는 소릴 그만 듣고 싶다. 악쓰는 소리도 듣기 싫다. 제발 다시 조용해졌으면 좋겠다.

아기였을 때, 난 말문이 늦게 트였다.

걷기 시작한 건 생후 십육 개월 때였는데, 그 후론 절대로 기는 법이 없었다. 난 엄마, 아빠를 제대로 부를 줄 알았고, 어떤 글자든지 정확하게 읽었고, 스리즈라는 내 이름도 똑바로 발음할 줄 알았다. 유아원에서도 무슨 놀이든 잘했다. 동그라미는 동그라미와 맞추고, 네모는 네모랑 맞췄다. 공도 잘 잡았다. 엄지손가락을 빨지도 않았다. 엄마와 헤어질 때도 울지 않았다.

하지만 난 모범적인 아이는 아니었다.

누가 날 귀찮게 할라치면, 꺼져, 하고 소릴 질렀고, 이 한마디면 남자애건 여자애건 다 울음을 터뜨렸다.

난 입으로는 최소한의 말만 하는 대신, 눈으로 말을 했다.

네 눈빛엔 어두운 구석이 있어, 상대방을 움츠러들게 만드는. 엄마는 말했었다.

누가 야단을 치면 난 그런 눈길로 쳐다봤다. 그리고 그렇게 한 것에 대해서 후회한 적은 한 번도 없었다.

난 유치원 마지막 학년(프랑스에서는 만 3살부터 3년간 공립유치원에 다닌다—옮긴이)이 되기 전에 이미 글을 다 깨쳤다. 담임선생은 한 학년 건너뛰어 초등학교에 입학하면 어떻겠냐고 제안했다.

상담 선생은 안 된다고 했다. 내가 말이 너무 없기 때문에, 학급 활동에 잘 참여하지 않으리라는 것이었다.

난 꼭 필요한 말만 했다.

따라서 상담 선생의 바보 같은 질문에는 대답하고 싶은 맘이 없었고, 그게 선생을 화나게 만든 것이었다. 난 결국 유치원을 일 년 더 다녀야 했다. 다른 애들이 알파벳을 어름어름 외울 동안, 난 낱말 하나하나를 손가락으로 짚어가며 읽었다.

초등학교 때도, 난 말하기는 싫어했지만 시를 읊는 건 좋아했다. 쉬는 시간엔 돌차기와 고무줄놀이를 하고 놀았다. 난 이겼을 때도,

졌을 때도 똑같이 말이 없었다.

낱말들이 내 머릿속에서 춤을 췄다. 책에서 읽었던 낱말들. 난 그 낱말들과 대화를 나눴다. 머릿속에 들어 있는 낱말들을 생각하는 것만으로도 대화는 충분히 됐다.

난 내가 읽었던 이야기들을 친구들에게 들려주거나 큰 소리로 읽어주고 싶은 마음이 굴뚝같았다. 그러나 같은 반 친구들 중엔 그런 데 취미 있는 애가 하나도 없었다.

교장 선생님의 권유에 따라, 엄마는 날 심리 상담사에게 데려갔다. 내가, 날 골탕 먹인 학교 상담 선생과는 만나지 않겠다고 했기 때문이었다.

심리 상담사는 나이 지긋한 여자였는데 멋진 건물의 5층에 있는 타원형의 방으로 날 데리고 들어갔다.

그녀가 물었다. 넌 무슨 얘기를 하고 싶니?

선생님이 사시는 집 얘기요, 난 대답했다. 그녀는 싱긋 웃더니 말해주었다. 그 건물의 건축 과정이며 건축 양식에 관해. 그 건물은 오스만 양식(19세기 후반, 빠리 부시장 오스만이 주도한 도시 근대화 사업 당시의 건축 양식—옮긴이)이라고 했다. 그녀는 내가 물어보는 것들마다 꼬박꼬박 대답해주었고, 아파트 내부까지 구경시켜줬다.

마지막으로 그녀는 말했다. 넌 말하는 데 아무 문제도 없는 것 같구나, 그렇지? 넌 네가 관심 있을 때에만 말을 하는 거야.

난 활짝 웃으며 고개를 끄덕였다.

그 후, 끌라라가 내 인생에 들어왔다. 5학년 때였다.

끌라라는 스페인에서 왔기 때문에, 프랑스어 철자를 잘 몰랐다. 내가 틀린 걸 지적해주면, 걔는 스페인어로 괴상한 소릴 지껄이곤 했다.

걔도 성격이 좀 유별난 데가 있어, 우린 쉽게 가까워졌다.

넌 나한테 스페인어를 가르쳐줘, 난 너한테 프랑스어 맞춤법을 가르쳐줄게. 그거 괜찮겠는데, 걔도 좋아했고, 그때부터 우린 서로 떨어질 수 없는 사이가 되었다. 끌라라는 책 읽는 건 싫어했지만 내가 읽은 걸 얘기해주는 건 좋아했다. 뜻을 잘 이해하지 못할 때는 스페인어로 물어봤다. 난 일부러 엉터리로 말할 때도 있었다. 걔가 스페인어로 물어보게 만들려고. 그건 우리 둘 사이의 놀이가 되었다. 난 끌라라가 자기 나라 말, 그러니까 외국어로 말하는 걸 듣기 좋아했다. 다 이해하진 못했지만, 목소리가 올라가거나 내려가는 억양을 통해 뜻을 짐작했다. 끌라라는 스페인어로 말할 때면 목소리가 달라진다. 더 낮고 더 부드러워진다. 내가 어떤 이야기를 프랑스어로 시작하면, 끌라라는 스페인어로 계속 이어갔고, 그러다가 내가 또 이어받고 했다. 끝에 가면, 우리 얘기는 완전히 다른 새 얘기가 되어 있곤 했다.

이런 식이었다. 『어린 왕자』에 등장하는 양은 스페인어로 까르네로(carnero)인데, 이 말을 들으니 까르니보르(carnivore, '육식동물'을 뜻하는 프랑스어—옮긴이)가 연상돼서, 난 양을 졸지에 늑대로 바꿔버렸다. 또 어린 왕자가 아끼던 장미(rose)는 '빨간 모자'(어린 소녀가 늑대를 만난다는 줄거리의 프랑스 민화—옮긴이)처럼 빨개졌다('빨갛다'는 뜻의 프랑스어 rouge를 연상한 것—옮긴이). 여우는 스페인어로 조로(zorro)이기 때문에, 조로(Zorro, 동명의 소설 주인공으로, 불의에 맞서 싸우는 의적—옮긴이)가 어린 왕자를 뱀에게서 구해주고, 『어린 왕자』의 저자인 안또니오(Antonio, '앙뚜안느'의 스페인식 이름, 쌩떽쥐뻬리의 이름이 앙뚜안느이다—옮긴이)는 그를 자기 가슴에 안고 지구로 돌아온다. 어린 왕자가 얼마나 자그마한지는 다들 알 것이다. 그 이후 어린 왕자는 안또니오의 가슴속에서 산다. 그리고 안또니오는 친구의 눈으로 세상을 보게 된다. 어린 왕자가 "마음으로만 잘 볼 수 있다."라고 했듯이. 어린 왕자는 또 "중요한 건 눈에 안 보이는 법이야."라고 말하는데, 이건 바로 내가 해야 할 말이다. 난 보이지 않는 걸 본다, 그게 보인다, 그것도 아주 생생하게.

이제 곧 휴가철이로군. 당신네들은 바다를 보러 가겠지? 난 수영할 줄도 모르는데.

난 수영할 줄도 모르는데, 이 말을 할 때, 그의 목소리는 가라앉아 있었다. 금방이라도 울음을 터뜨릴 듯.

잠깐이긴 했지만, 자기가 지금 어떤 상황에 처해 있는지조차 잊은 모양이었다. 그는 의자에 앉았다. 지칠 대로 지쳐 기운이 바닥난 것 같았다.

그는 잠시 그렇게 아무 말 없이 앉아 있었다.

문득 그가 아침에 얘기했던 고향 마을이 생각났다. 마을 광장의 분수 그리고 주변의 들판. 바다는 멀었다. 바다는 너무 멀었다.

이윽고 그가 중얼거리기 시작했다. 나지막이 혼잣말로. 여름은 지옥이야.

이 말만 되풀이할 뿐, 이젠 아무에게도 눈길을 보내지 않았다. 사람들 역시 더 이상은 움직이지도 않았고, 입도 뻥끗 안 했고, 숨도 쉬지 않았다. 정말로 심상치 않은 상황이었다. 모든 게 정지된 상태. 승차장에도 사람들이 있었지만 우리 칸에는 아무도 올라타지 않았다. 나도 내려서 다음 차를 탈 수도 있었다. 모두 다 내려버릴 수도 있었다. 그러나 아무도 그러지 않았다. 모두 마비되어 있었던 거다. 난 기계적으로 문 위쪽의 노선표를 올려다보았다. 레쀠블리끄 역까지는 네 정거장이 남아 있었다. 난 숨을 죽이고 가만있었다. 나머지 여섯 명도 마찬가지였다. 이제 푸른 눈이 장광설을 그쳤는데도, 누구 하나 움직이지 않았다. 입도 뻥끗 못 했다. 그의 광기에 다시 불을 붙이고 싶진 않았던 것이다.

여름은 지옥이야.

무릎 위에 놓인 가방을 두 팔로 감싼 채 그는 계속 그렇게 중얼거렸다. 청바지의 찢어진 틈으로 앙상한 무릎이 드러났다. 난 오른손에 2유로짜리 동전을 꼭 쥐고 있었다. 진땀이 흘렀다. 난 뻣뻣이 굳은 온몸과 입의 긴장을 풀려고 애썼다. 다들, 내심으론 사태가 곧 진정되지 않을까, 하는 기대를 품고 있었다. 그러나 그것도 한순간. 아기가 칭얼대자 엄마가 자세를 바꿨고, 그 바람에 좌석에서 끼익 소리가 났다. 그러자 푸른 눈이 일어섰다.

그는 가방의 지퍼를 열더니 아무런 감정도 실리지 않은 목소리로 말했다. 뚱보, 내 가방 안에 뭐가 들었는지 좀 볼래.

그는 정말로 묻고 있는 게 아니었다. 그러나 상대방은 그걸 몰랐다. 푸른 눈은 괴상하리만치 낮은 목소리로 되풀이했다. 그의 진짜 목소리라고 하기엔 너무 차분한 목소리. 차가운 목소리. 너무 건조하고 차가워서, 여름과 열기, 그런 것들과는 전혀 어울리지 않는.

내 가방 안에 뭐가 들었는지 보고 싶지 않냐니까.

이 말을 하고 나서 그는 잠깐 우리 모두를 바라보았다. 그러고는 가방 안에 손을 집어넣었고, 그가 손을 다시 꺼냈을 때, 난 눈을 감고 싶었지만 그럴 수가 없었다.

내가 눈을 감지 않았던 건 알고 있기 때문이었다. 무슨 일이 일어날지, 난 알고 있었다. 내 머릿속에 자꾸만 떠오르는 장면이 있었다. 뭔가 심상치 않다, 한도를 넘어섰다 싶을 때마다 떠오르는 장면. 지하철의 걸인들, 그들이 하소연하는 고통, 결핍, 분노, 두려움, 증오, 욕망, 사랑, 회한 등의 감정들이 그들의 실제 모습과 맞아떨어지지 않을 때면 으레 그랬다.

자기들도 다른 사람들과 전혀 다를 게 없다는 식으로 말할 때, 동정심에 호소할 때, 지나치게 비굴하게 굴 때, 괜히 공격적이 되어 시비를 걸다가 결국엔 진짜로 싸움을 벌일 때 등등. 문장 몇 가지만

을 외워 읊어대는 이들도 있다. 그런 이들은 하루가 다 끝나갈 때쯤
엔 너무 지친 나머지 건성으로 웅얼대고, 그런 소릴 듣고 있으면 절
로 짜증이 나게 마련이다. 아예 사연을 지어내는 이들도 있다. 그
들은 자기가 방금 전에 무슨 소릴 했는지도 잊고 정반대되는 얘기
를 이어서 하기도 한다. 외국에서 온 척하는 이들도 있다. 그들은
일부러 유치한 표현을 골라 발음도 서툴게 한다. 끝없이 긴 장광설
을 늘어놓는 이들도 있다. 그런 작자들은 자기가 무슨 말을 하고 있
는지도 전혀 모른다. 그저 계속 말할 기운을 얻기 위해 말하는 것일
뿐이니까. 반대로, 할 말을 몇 문장으로 요약해서 간략하게 해치우
고는 말을 끝내기도 전에 손부터 내미는 이들도 있다. 신문을 파는
이들. 노래를 부르는 이들. 시를 읊는 이들. 개까지 끌고 와서 마치
자기가 그 개인 양 구는 이들. 아기를 안고 있는 이들. 이런 경우 대
부분은 여자들이지만 한번은 남자도 본 적이 있다.

잘 들리게 하려고 고함을 지르는 이들도 있지만, 기어 들어가는
소리로 중얼거리는 이들도 있다. 그럴 땐 바로 옆에 앉은 사람 말곤
아무도 알아듣지 못한다.

하긴 우리가 언제 그들 말을 듣긴 하는가? 고함을 지르건, 질문
을 던지건, 강조를 하건.

이따금씩은 절로 귀가 기울여지고 감탄까지 하게 되는 경우도
있다. 연설이 아주 독특할 때. 어떤 책에서 베꼈거나 어느 교수에

게 써달라고 부탁한 것 같을 때. 또 아직까진 진실성이 남아 있다고 느껴질 때. 아주 젊은 사람일 때. 플루트나 아코디언을 기막히게 연주할 때. 굉장히 잘생겼을 때 등등. 한마디로, 갖가지 말도 안 되는 이유들 때문에 사람들은 동전을 내놓는다. 하지만 대부분의 경우엔 아무도 고개를 들지 않는다. 무슨 소릴 지껄이는지 들어보려고도 하지 않는다. 내민 손 위에 동전을 쥐여줄 생각 같은 건 더더욱 하지 않는다. 워낙 익숙해져 있기 때문이다. 마음이 좀 불편할 수도 있지만, 뭐 대수로울 건 없다. 다음 역이면 벌써 다 잊어버릴 테니까.

같은 지하철 노선에서 늘 마주치게 되는 이들도 있다. 그들이 눈에 띄었다 하면 얼른 다른 차로 옮겨 탄다. 무슨 소릴 떠들지 이미 알기 때문이다. 반대로 처음 등장한 이들의 말은 열심히 들어보게 되지만, 역시 같은 소리라는 걸 깨닫는 데 오래 걸리진 않는다.

분명한 건, 늘 똑같다는 거다. 더 이상 못 참겠다는 거다. 그들을 보고 싶지 않다는 거다. 느끼고 싶지 않다는 거다. 우린 이제 그들의 존재를 느낄 수도 없다. 그렇다면 그들은? 그들도 마찬가지다. 그들 역시 우리 존재를 느끼지 못한다. 자기의 존재조차도 느끼지 못한다. 하루 종일 똑같은 소릴 되풀이한다는 건 정말 미칠 노릇이 아닐까? 하루 종일 그리고 매일매일. 무감각해지거나 아님 머리가 돌거나 하겠지. 자포자기하게 될까? 적응하게 될까? 아님 게임하듯

즐기게 될까? 즐기는 이들도 있는 것 같긴 하다. 반면에 더 이상 아무런 기대도 하지 않는 것 같은 이들도 있다. 가끔 그렇게 보이는 이들을 만나면 두려워진다. 그런 이들에게 구걸은 가벼운 게임이 될 수 없다. 자기의 삶을 송두리째 걸고 하는 짓이니까. 그들은 어느새 훌쩍 뛰어 다른 쪽으로 가 있다. 그들은 이미 우리와 함께 있지 않다. 우리에게 자기들의 삶을 구걸하려고, 자기들의 이야기를 들려주려고 지하철에 있는 게 아니다. 자기 몸뚱이 속에 머물러 있지도 않다. 자신으로부터도 벗어나 있다. 그들은 자기가 어디에 있는지도 모른다.

그들의 목소리에서 그런 게 느껴진다. 그러나 그 목소리도 이젠 그들의 목소리가 아니다. 그들은 자기가 무슨 말을 하는지 알고는 있을까?

예의 바르거나 냉정한 이들을 볼 때, 그런 생각이 든다. 너무 예의 바르고, 너무 냉정하고, 초연하던 그들에게서 돌연 목소리와 시선과 낱말들이 떨어져 나온다. 목소리는 떠나버리고, 시선은 도망친다. 그런 생각이 들 때면 소름 끼친다. 그들은 더 이상 거기 있지 않다. 이젠 얘기할 만한 낱말도 남아 있지 않다. 자기들도 어쩔 수가 없다는, 또 더 이상 그렇게 지속할 순 없다는 얘기조차 할 수가 없는 것이다.

난 그런 생각이 드는 적이 많았지만 아무에게도 말한 적은 없었다. 끌라라에게조차도 아무 얘기 안 했다. 걔는 점잖게 놀려댈 것이다. 넌 상상력이 지나치구나, 소설이라도 써야겠어. 엄마는 그런다. 네 머릿속엔 이 세상의 책이란 책들을 다 합해놓은 것보다도 더 많은 얘기가 들어 있는 것 같아. 아빠는 어쩜 이해해줄지도 모르겠다. 아빠도 나처럼 말이 없으니까. 내가 얘길 안 해도 아빠는 알아줄 것 같다.

아빠와 함께 지하철을 탄 적이 있었다. 그때 아빠는 작은 소리로 이렇게 말했었다. 난 저 사람들이 어떻게 저런 식으로 살아가는지 모르겠다, 왜 저렇게 사는지 모르겠어.

푸른 눈은 그날, 그렇게 살아가기를 그쳤다.
그는 일을 저질렀다.
난 그가 무슨 일을 저지를지 알고 있었다. 그리고 그도 내가 알고 있다는 걸 알았다.

내 이름은 스리즈 열다섯 살 개학하면 고등학교 1학년이다 토요일에 빨간 원피스를 샀다 그 옷을 입으면 난 공주로 변신한다 끌라라 끌라라는 스페인에서 아이스크림을 먹는다 새빨간 버찌맛 아이스크림 푸른 눈의 청년이 제일 먼저 떠났다 담배를 물고 있던 키 큰 청년 아니 그의 눈이 푸른 게 아니다 푸른 눈 그건 등에 아기를 업고 있던 엄마다 아기가 운다 지겹게도 울어댄다 뚱뚱한 남자의 배가 부풀어 오른다 배가 부푼다 손가락으로 톡 치면 풍선처럼 터져버릴 듯 엄마는 내가 혼자 지하철 타는 걸 좋아하지 않는다 아빠는 세상 구경을 해야 제대로 큰다고 한다 월요일이다 19일 월요일 6월 19일 월요일 여름이다 **난 여름이 싫어** 끌라라는 월요일 저녁을 늘 나와 함께 보낸다 화요일엔 수업이 없

기 때문이다 덥다 그리고 춥다 난 빨갛다 모든 게 빨갛다 너무 너무 빨갛다

이마를 닦아줘요 건드리진 말고.

건드리면 안 돼요.

우리 아파트에도 깜둥이 여자들이 살거든 그 여자들은 뭐가 그렇게도 만날 신이 나는지 우리 아랍 사람들은 그렇게 즐기지도 못하잖아 한심한 처지인 건 똑같은데, 우린 노는 것도 못하니 그만 해 모모 젠장 그만두라니까 자 내리자 내리자고 왜 내려 내리자니까 저 골 때리는 자식 좀 봐 얼른 오라니까 여기 그냥 있으면 당해 내리자 어서

괜찮아, 괜찮아, 아가, 괜찮아질 거야.

이제 괜찮아.

난 로리앙에서 할아버지랑 조개를 주우러 갈 거야 끌라라 너도 와보면 알겠지만 아침에 바닷물이 빠져나가고 나면 그 안에서 막 뒹굴고 싶어져

움직이게 하면 안 돼요.

이젠 괜찮은 것 같은데요.

모를 일이죠.

움직이지 마세요.

빨간 얼룩이 지워지지 않는다 내 원피스를 망쳐버렸다 처음 입어본 건데 스리즈 울지 마 왜 우니

반응을 보이네요. 생명엔 지장 없겠습니다.

날 좀 그냥 놔둬요 제발 댁은 날 겁준다고 이러는가 본데 댁 같은 사람이 어디 한두 명입디까 난 말하고 싶지가 않아요 신문을 읽고 싶다고요 당신을 보고 싶지 않아서가 아니에요 그냥 조용히 신문을 읽고 싶을 뿐이에요 내 나이쯤 되면 이 정도의 평온을 누릴 권리는 있는 것 아닌가요

아가씨, 눈을 떠봐요.
아가씨.
아가씨, 눈 뜰 수 있겠어요, 눈을 떠요, 아무 일 없어요.

월요일 저녁마다 끌라라와 난 우리 아빠 집에서 함께 잔다 스리즈 재미난 얘기 좀 해봐 스리즈 아블라 꼰미고(habla conmigo, 스페인어로 '나와 얘기하자.'는 뜻 — 옮긴이)

스리즈 눈 좀 떠봐 제발.

아가야, 엄마 아빠가 여기 있어. 아무 일도 없어, 다 괜찮아, 같이 집에 가자, 어서 눈을 떠.

그래 난 뚱뚱해 이 눈이 번들거리는 자식은 영 찝찝하군 너무 가까이 있어 나랑 너무 붙어 있어 다음 역에서 내려야지 내려야겠어 제기랄 대체 왜 이렇게 나한테 들러붙는 거야

아가씨, 눈 좀 떠볼 수 있겠어요? 병원에 가서 몇 가지 검사를 해봐야겠어요. 아무 문제도 없어요, 다친 데도 없어요, 그냥 눈 상태를 좀 보려는 것뿐이에요, 겁내지 마요, 아무 일 없으니까, 여긴 지하철 안이에요, 부모님도 와 계시고 의사들도 있어요, 이젠 다 괜찮아요, 제발 눈 좀 떠봐요.

그들의 목소리가 점점 가까이 들려왔다, 그들의 숨소리까지 느껴졌다, 엄마는 눈물을 삼켰고, 아빠는 스트레스 받을 때 으레 그러듯 이를 갈았다, 사람들이 무릎을 꿇었다, 내 몸을 조심스레 들어 올렸다, 발, 무릎, 다리, 손, 손목, 팔, 새로운 냄새다, 세제 냄새, 깨끗한 시트 냄새, 사람들이 내 머리를 들어 올리고, 입술 사이에 빨병의 주둥이를 밀어 넣고 물을 먹였다, 물을 삼키느라 숨이 막혔다,

물은 내 목을 타고 내려가 위로 흘러 들어갔다, 꾸르륵꾸르륵 소리가 났다, 내 안에서 다른 냄새가 느껴졌다, 빨간 냄새, 이름이 뭐지요, 난 대답하고 싶지 않았다, 그들은 내 이름이 뭔지 잘 알고 있었다, 스리즈, 빨간 스리즈, 눈 좀 떠봐 제발, 난 바로 눈을 뜨고 싶지 않았다, 그들은 말했다, 아무것도 안 보일 거라고, 이젠 아무것도 보이지 않을 거라고, 이젠 빨간 냄새가 나는 그곳을 떠나왔다고, 하지만 그곳은 나와 함께 있었다, 내 안에 있었다, 내 눈꺼풀 밑에 있었다, 내 눈엔 그게 보였다, 색깔이 보였다, 그들이 보였다, 색깔 속에서, 폭풍 아닌 폭풍 속에서, 난 그들과 좀 더 오래 함께 있고 싶었다, 빨간색 속에, 지하철 속에, 난 금방 눈을 뜨고 싶지 않았다, 봐야 할 건 이미 다 봐버렸다, 조금만 더 기다려줬으면 좋았을걸, 안녕이라고 말할 시간 동안만이라도.

네가 맞아, 스리즈, 네가 맞다고. 하지만 아무도 널 믿어주지 않을걸. 아무도 날 안 믿어준 것처럼.

이게 바로 그가 내게 한 말이다. 떠나기 전에.

내 기억의 필름 속엔 그가 이 말을 하는 장면이 없다. 그러나 난 그 말을 들었다. 너무 늦게. 어쨌거나 모든 게 너무 늦어버렸다.

그에게 이런 말을 하도록 시키는 건 나다. 이 말을 하는 건 나다.

내가 말한 거다, 그게 다다. 난 그 얘길 해야 했다. 사람들이 말하지 않는 것을. 사람들이 느끼는 것을. 머릿속을 지나가는 것을, 진실을.

난 말해야 했다, 그렇다. 그러는 게 맞다.

푸른 눈은 진짜다. 모모와 그의 친구도 진짜다. 머리를 가늘게 땋은 아기, 아기의 엄마 그리고 그녀의 친구도 진짜다. 할머니도 진짜다, 뚱뚱한 남자도 진짜다.

난 진짜다. 난 필름 속에 있다.

이제 난 필름에서 나왔다. 안녕.

그가 가방의 지퍼를 열었다.

그가 가방 안에 팔을 집어넣었다.

그의 팔이 가방에서 다시 나오기 바로 직전, 우리 눈은 순간적으로 마주쳤다. 네가 맞아, 스리즈, 네가 맞다고. 하지만 아무도 널 믿어주지 않을걸. 아무도 날 안 믿어준 것처럼.

뚱뚱한 남자는 그를 쳐다보지 않았다. 다른 사람들도 그를 쳐다봤는지 어쨌는지 모르겠다. 아마 안 봤을 것이다. 이젠 누구도 그에게 눈길을 주려 하지 않았다. 아무도 쳐다봐 주지 않는다면, 그도 한풀 꺾이겠지. 그가 거기 있다는 걸 잊어버린 척하면, 그의 고함

소리를 못 들은 척하면, 그의 얘기에 더 이상 귀 기울이지 않으면, 그의 말들도 침묵 속으로 사라지겠지, 그의 팔이 가방 속으로 사라진 것처럼. 그도 지칠 테고, 의자에 주저앉을 테고 그러면 마침내 끝이 나리라.

나, 나는 그를 바라보고 있었다, 그에게서 시선을 떼지 않은 채 잠시 시간이 흘렀다, 그도 내가 자길 보고 있다는 걸 알아챘다, 그의 팔이 가방 안에 들어가 있는 동안, 난 그의 눈에서, 절대로 봐선 안 될 무언가를 봤다, 당신, 여기서 이러고 있는 건 말도 안 되는 짓이야, 아니, 천만에, 당신들, 당신네들 모두, 당신들이 하고 있는 짓이야말로 말도 안 돼, 우리 둘이 눈으로 똑같은 말을 주고받는 순간, 그의 팔이 가방에서 나왔고, 그때 난 눈을 감고 싶었지만 그럴 수가 없었다, 눈앞에 펼쳐진 장면, 그 장면을 예전에 이미 본 적이 있었기 때문이다, 너무 오래전부터 내내 그 생각만 해왔기 때문에, 내 가슴이 내 눈 속에서 이미 그걸 봐버렸던 것이다, 난 몇 주 전부터 몇 달 전부터 그 생각을 해왔다, 너무 골똘히 생각하다 보니, 이젠 어떤 느낌이 왔다, 그게 가능할 수도 있다는 느낌, 난 알고 있었다, 어떤 예감이 머릿속에서 반향을 일으켰고, 눈앞에서 요동을 쳤다, 난 오래전부터 그 일이 일어나리라는 걸 예감하고 있었지만, 그 일이 일어나기를 원치는 않았다, 매번 그 생각을 하면 그 일이 정말로 일어나지는 않을 거라고 난 믿었다, 그런데 정반대였다, 그 일이 일어나 버린 것이다.

첫 번째 총알은 곧바로 뚱뚱한 남자의 배에 박혔다, 피가 너무 세게 솟구치는 바람에 한순간 아무것도 못 봤다, 폭풍이라도 몰아친 듯, 여자들의 몸뚱이가 쓰러지는 것도 못 봤다, 아기 머리에 구멍이 뚫리는 것도 못 봤다, 비명 소리만 들었을 뿐, 이번엔 그가 앞으로 곧장 총구를 겨누고, 무작정 방아쇠를 당기는 게 보였다, 청년들의 절규 속에, 총알들이 휙휙 소리를 내며 날았다, 그가 몸을 조금 돌렸다, 청년들이 몸을 숨겼던 것 같다, 할머니도 그랬던 것 같고, 청년들보다 할머니가 먼저 죽었을 것이다, 그다음에 청년들이 죽었다, 난 그걸 바라보고 있었다, 내 몸은 마비되었다, 돌기둥이 되어 버렸다, 완전히 굳어버린 채 똑바로 있었다, 그러면서도 난 계속 앉은 채였다, 알파벳 i 자처럼 꼿꼿하게, 두렵지 않았다, 아니, 두려워할 만한 틈이 없었다, 아무 생각도 나지 않았다, 내게 더 이상 머리란 건 없었다, 머리는 눈 안에 들어 있었다, 난 그를 바라보고 있었다, 순간적으로 조용해지더니, 비상벨이 울렸다, 기차가 갑자기 멈췄다, 난 앞으로 나왔고 그는 뒤로 물러섰다, 난 넘어지지 않았다, 그도 넘어지지 않았다, 더 이상 아무 일도 일어나지 않고 비상벨만이 울리고 있었다, 기차 안에 텅 빈 공간이 생겨났다, 커다란 공허, 거기 그가 서 있었다, 얼굴이 새빨개진 채, 뚱뚱한 남자의 피가 그의 몸 여기저기에 튀어 있었다, 스웨터에도 피가 묻어 있었다, 'Be your friend'의 하얀 e 자는 빨간 얼룩으로 변해 있었다, 얼굴이 피투성이였다, 머리카락도 피투성이였다, 날 마주 보고 가만히 서 있던 그가 내게로 다가오려는 듯 몸을 움찔했다, 그의 오른팔 끝에 총이 들려 있었다, 덜거덕, 작은 소리가 들렸다, 빈 참치 깡통이 총에 부딪치며 나는 소리였다, 그리고 채 일 분이나 지났을까, 우리 둘은 더 이상 눈으로 말할 수가 없게 되었다, 그는 더 이상 내 쪽으로 다가오지 않았다, 그의 팔이 움직이는가 싶더니, 어느새 총구가 그의 가슴팍을 겨누고 있었다, 난 더 이상 그에게 눈으로 말할 수가 없었다, 그가 방아쇠를 당겼다, 그의 몸이 폭발하는 걸 난 보지 못했다, 막 눈을 감아버렸기 때문이다.

열다섯 살 난 빠리 소녀 스리즈. 그녀는 매일매일 지하철을 타고 학교에 다닌다. 옆에 앉은 사람들의 애길 엿듣는 게 얼마나 재미있던지, 지하철 타는 것이 취미가 되어버렸다. 좁은 지하철 안에 다양한 인종, 다양한 국적의 사람들이 함께 타고 있듯이, 쉴 새 없이 등장하는 걸인들이 도움을 호소하는 방식도 갖가지이다. 스리즈는 지하철에서 마주치는 모든 사람들을 진지하게 관찰한다. 그들이 나누는 대화를 열심히 듣는다. 그들에게 때로는 연민을, 때로는 분노를, 때로는 동질감을 느끼면서 세상을 알아간다. 지하철은 스리즈가 세상과 은밀하게 교통하는 소중한 공간인 것이다.

그러나 바로 그 지하철 안에서 스리즈는 봐선 안 될 폭력을 보게 되고, 그 끔찍한 기억은 어린 소녀의 머릿속을 완전히 점령한 채 옴 짝달싹 못하게 만든다. 스리즈는 자신의 고통을 아무도 이해해주지 못한다는 생각에 외롭고 힘겨운 시간을 보낸다. 마침내 더 이상 견딜 수 없는 지경에 이르자, 그녀는 가슴속 깊이 숨겨놨던 상처를 글로 풀어냄으로써 스스로를 치유해간다. 그 과정을 보여주는 것이 바로 이 소설이다.

원래 이 작품은 「붉은 스리즈」라는 라디오 드라마를 소설로 개작한 것이다. 그래서일까. 형식과 문체가 독특하다. 시점이 계속 바뀌고, 내면의 독백과 실제 대화가 뒤섞이고, 문장들이 마침표 대신 쉼표로 연결되는가 하면 아예 구두점이 없는 대목도 있다. 한마디로, 눈으로 읽기보다는 귀로 듣기에 더 적합한 텍스트이다. 독자 여러분도 이 말에 고개를 끄덕이지 않을까 싶다. 읽는 내내 긴장을 풀 수 없어 피로감을 느낀 독자도 없지 않을 테니 말이다. 아무튼 이 변화무쌍하고 속도감 있는 문체는, 지하철 안이라는 좁은 무대에서 벌어지는 긴박한 상황과 주인공의 혼란스러운 심리 상태를 긴장감 있게 그리는 데 적절해 보인다.

여름이 막 시작된 6월. 냉방이 되지 않아 찜통 같은 지하철 안. 역에 정차할 때마다 수시로 들어왔다 나갔다 하는 걸인들. 그중엔

허기와 갈증과 더위 때문에 악에 받친 노숙자 '푸른 눈'도 끼어 있다. 그가 숨도 안 쉬고 늘어놓는 장광설. 그러나 그의 호소에 귀를 기울이는 승객은 아무도 없다. 당연한 일이다. 여름이면 전 세계에서 몰려든 관광객들 때문에, 누가 도시의 주인이고 누가 나그네인지 모를 정도로 정신없이 살아가는 빠리 사람들. 그런 그들에게, 매일같이 듣는 노숙자들의 넋두리가 무슨 관심거리가 될까. 무심한 표정 속에 짜증을 숨기고 참아주는 것만도 감지덕지할 일이 아닌가 말이다.

단지 한 사람, 세상에 대한 호기심으로 머리가 뜨거운 열다섯 살 소녀 스리즈만이 '푸른 눈'의 절규에 관심을 보인다. 그녀는 승객들의 무관심에 '이래서는 안 된다'는 위기의식을 느낀다. 무슨 일인가가 벌어질 것만 같아서이다. 어른들은 예감하지 못한 비극을 열다섯 살 소녀만이 예감했다는 사실은 주목할 만하다. 너무 많이 봐와서 더 이상 특별할 것도 없는 '이웃의 빈곤'. 어른들은 이미 그것과 맞닥뜨릴 때 어떤 태도를 취해야 할지 나름의 원칙을 세워놓고 있다. 그러므로 걸인들로 인해 상처 받거나 하는 일은 없다. 하지만 스리즈는 걸인들과의 대면이 매번 불편하다. 이해할 수가 없기 때문이다. 어떻게 그런 말도 안 되는 상황 속에서 살아가는 이들이 있단 말인가. 어떻게 세상에 도와줄 사람이 단 한 명도 없는 상태로 살아갈 수가 있단 말인가. 스리즈는 걸인들이 하는 이야기를 열심히 듣고, 분석하고, 분류한다. 수중에 남아 있는 동전 한 닢을 쥐고, 줘야 할지 말아야 할지 고민한다. 걸인의 말 한마디에, 분노하고 자책하느라 하루 종일 책이 손에 잡히지 않을 때도 있다.

아무도 들어주지 않는 호소를 끝없이 늘어놓는 '푸른 눈'. 세상의 모순에 대해 질문을 던져보지만 어른들로부터 답을 들을 수 없는 스리즈. 두 사람은 눈으로 간절한 대화를 나눈다. 아무도 자기 둘을 이해하지 못할 거라고. 그러나 그 한순간의 소통이 '푸른 눈'을 구원하지는 못한다. 광기에 휩싸인 그는 결국 폭력으로 세상에 복수한다. 복수의 대상에서 스리즈는 제외시킨 채.

작가는 '푸른 눈'의 비극을 통해 우리에게 아픈 질문을 던진다. '배고프다'는 말의 엄청난 무게를 가늠해본 적이 있는지. 길거리의 노숙자들을 도시 한 귀퉁이의 풍경 정도로 여기지는 않았는지. 빈민들의 힘겨운 삶을 드라마의 한 대목처럼 구경하지는 않았는지. 오늘도 뉴스에선, 생활고를 비관한 30대 여인이 자식 둘을 데리고 지하철 선로로 뛰어들었다고 한다. 이건 영화가 아니라 현실이다. 똑바로 봐야만 하는 우리 삶의 모습이다. 스리즈가 그토록 괴로워한 것도 결국 '피하고 안 볼' 수 없기 때문이 아니었을까. 어린 스리즈의 고뇌는 우리의 무감각해진 가슴을 아프게 두드린다. 이

웃들의 어려운 삶에 관해 어떤 입장을 가져야 할지 고민하게 만든다. 이 짤막한 소설을 통해, 독자 여러분이 주변을 향해 마음을 열고 사회문제에 관해 좀 더 진지하게 고민하게 되는 계기를 갖는다면, 역자로서도 보람을 느낄 것이다.

2008년 10월

조현실

'창비청소년문학'을 펴내면서

　우리에게는 10대 청소년의 세계를 다룬 본격적인 문학작품이 드
뭅니다. 그래서 청소년이 읽는 문학작품은 어른들이 읽는 것과 별
다른 차이를 보이지 않습니다. 출판사에서 청소년에게 읽히고자
펴낸 문학작품 중에는 이른바 대표작가의 대표명작을 모은 선집들
이 무척 많습니다. 인류의 문화유산으로서 전수되는 뛰어난 고전
과 현대의 창작물을 청소년이 자기 것으로 만드는 일은 자연스럽
고 또 바람직합니다. 문제는 그것들이 대개 입시를 겨냥한 수업의
연장선상에서 읽힌다는 점입니다. 더욱이 초등학교 시절에 동화책
을 읽던 아이들이 그다음 단계에서 성인문학의 세계로 곧장 비약
하게 됨에 따라 놓치는 것이 적지 않습니다. 청소년 고유의 감수성
이라든지 청소년기에 직면하는 문제 등 작품과 대화를 나눌 수 있
는 요소가 많지 않다면, 문학작품을 읽는 일은 점점 자기 삶과 무관
한 요식행위처럼 되기 쉽습니다. 동화책에 푹 빠져서 책 읽기를 좋
아하던 아이들이 나이를 먹어가면서 문학의 매력을 느끼지 못하
고 즐거운 책 읽기에서 멀어지는 까닭 중 하나가 여기에 있다고 봅
니다.

이런 사정을 염두에 두고 우리는 '창비청소년문학'을 새롭게 시작하려고 합니다. 그 핵심은 세상에 대한 자각을 높이고 성장의 의미를 함축한 뛰어난 문학작품입니다. '지금 여기'의 청소년과 공감대를 넓힐 수 있는 새로운 감수성과 문제의식을 충실하게 담아 즐겁고도 의미 있는 책 읽기가 되도록 힘쓸 생각입니다. 최근 청소년문학의 중요성이 새롭게 인식되면서 의욕을 보이는 작가들이 속속 모습을 드러내고 있습니다만, 양적으로나 질적으로나 아직 충분치 않을뿐더러 마땅한 청소년문학의 모범이 없어 작가들도 어려움을 겪는다고 합니다. 청소년문학이 아동문학과 성인문학 양쪽에서 소외되어 자기 정체성을 확립하지 못한 채 표류하는 현상은 마치 경계의 존재라 하여 주변부로 밀려난 청소년의 현재 모습을 떠올려 주는 것이겠습니다. 우리는 '지금 여기'의 청소년을 뚜렷이 의식하되 현대 세계문학의 다양한 흐름을 적극적으로 받아 안으면서 새로운 도전에 나서고자 합니다. 장르와 영역을 넓히는 국내 창작물과 외국작품의 소개는 물론이고, 참신한 시각으로 재구성한 숨은 작품들과 창의적인 기획물의 모색 등이 여기에 포함될 것입니다. 새 길을 여는 '창비청소년문학'에 많은 관심을 부탁드립니다.

2007년 5월
창비청소년문학 기획편집위원회

창비청소년문학 13

붉은 지하철

초판 1쇄 발행 • 2008년 11월 5일
초판 6쇄 발행 • 2020년 6월 26일

지은이 • 끌로딘느 갈레아
옮긴이 • 조현실
펴낸이 • 강일우
책임편집 • 이지영
펴낸곳 • (주)창비
등록 • 1986년 8월 5일 제85호
주소 • 10881 경기도 파주시 회동길 184
전화 • 031-955-3333
팩시밀리 • 영업 031-955-3399 편집 031-955-3400
홈페이지 • www.changbi.com
전자우편 • ya@changbi.com

한국어판 ⓒ (주)창비 2008
ISBN 978-89-364-5613-9 43860